Der Tränenpalast

RALF ISAU

DER TRÄNEN PALAST

Mit Illustrationen
von Helmut Poul Dohle

Thienemann

Für Olivia

Die Erde ist dem Menschen ein Gefängnis sein Leben lang.
Lass dir das, du Narr, gesagt sein – geh so weit, wie du willst,
du wirst doch nur an die Mauern dieses Himmels rennen.
Aber brich aus, wenn du meinst, dass du's dennoch kannst.

Samuel ha'Nagid (993–1055)

Einführung für den Neophyten

(aus dem »Kodex der Phantanauten«)

Nicht was einer ist, hat oder glaubt, macht ihn zum Phantanauten, zum »Weltenschöpfer«, sondern einzig seine Phantasie. Deren Zirkel bleibt stets auf ein doppeltes Dutzend begrenzt. Er verjüngt sich durchs Ausscheiden der Einundzwanzigjährigen und Nachrücken von Neophyten, die mindestens im zwölften Lebensjahr stehen. Diesen »neu Gepflanzten« ist zuvor ein Teil des Phantalabiums zugefallen, des Zirkels uraltes Erkennungszeichen.

Jährlich versammeln sich die Phantanauten zu einem Erzählreigen am Grauen See, wenn der Vollmond die Ophiuchiden trifft: In diesem Schauer von Sternschnuppen öffnet sich die Quelle der Erleuchtung bis zum Tag vor der Sommersonnenwende und versiegt wieder beim nächsten Vollmond. Während dieses Monats muss der Neophyt eine Nacht in der Kammer der Weltenschöpfer schlafen und dabei dem Meer der Träume Neuland abtrotzen. Wer diese Gabe besitzt, wird am Morgen danach durch das Untertauchen im Grauen See in das von ihm geschaffene Reich gelangen. Nach seiner Rückkehr erstattet er dem Zirkel Bericht und erbringt einen Beweis der Echtheit seiner Schöpfung. Überzeugt er die Mehrzahl der Phantanauten, gilt er als aufgenommen.

Fortan bedarf sein Neuland des täglichen Erinnerns, um nicht wieder unterzugehen. Der kluge Phantanaut soll seine Ge-

schichte daher mindestens zwei anderen Menschen erzählen und sie überdies zur Weitergabe des Gehörten anspornen. So reift der Schöpfer zum lebenslangen Weltenmeister, und derweil sein Werk darüber wächst, wird es die »Welt der Sinne«, unser wirkliches Leben, bereichern.

Das geheimnisvolle Ding

Dublin (Irland), 27. März 1893

Der Lederriemen klatschte auf das nackte Hinterteil. Jim biss die Zähne zusammen und sog vor Schmerz die Luft ein.

»Du sollst nicht zischen, Junge, sondern zählen«, knurrte Bruder Wishart. Staubkörnchen tanzten im Sonnenlicht, das durch die Fenster des verwaisten Klassenzimmers fiel. Die alten Holzbänke waren so abgeschabt wie der Richtblock eines viel beschäftigten Henkers.

Tatsächlich fühlte sich Jim wie das Opfer eines Scharfrichters, während er mit heruntergelassenen Hosen über dem Lehrerpult hing und das Wort »Neun« hervorpresste. Fest entschlossen, sich sein Geheimnis nicht entreißen zu lassen, kniff er die Augen zusammen und wappnete sich für den letzten Streich. »Zehn!«, schrie er, kaum dass der Gürtel erneut niedergefahren war.

»Das wär's für heute. Kannst dich wieder bedecken«, beschied Bruder Wishart.

Jim zog rasch die Hose hoch, schneller, als sein Peiniger »Kruzifix« sagen konnte.

»Das sollte dir eine Lehre sein, Junge«, ermahnte ihn der grobschlächtige Ordensmann mit der Augenklappe und grinste. »Wie ich dich kenne, werden wir uns allerdings bald wiedersehen und ›der Riemen‹ darf deinen Allerwertesten erneut zum Glühen bringen.« Bruder Wishart wusste um den Spitznamen, den ihm die Schüler gegeben hatten, und er war offenbar stolz darauf.

»Ich will Sie nicht langweilen, Sir«, knirschte Jim, während er sich die Brille aufsetzte. In Gedanken war er schon wieder bei dem geheimnisvollen Gegenstand, dem er seine missliche Lage verdankte. Er wollte fort von hier, wollte endlich das Rätsel der verschlungenen Linien und glitzernden Steine lösen!

Bruder Wishart griff in die Hosentasche und holte seinen Rosenkranz heraus. Wenn er nicht gerade Schüler verprügelte, ließ er die Perlen zwischen seinen Wurstfingern hindurchgleiten. Ob er dabei tatsächlich betete? Jim hielt das für eher unwahrscheinlich. Vermutlich grübelte der Riemen gerade darüber nach, wie er den wahren Grund für die Verspätung des störrischen Knaben herausbekommen konnte. Er lächelte gönnerhaft. »Zerbrich dir nur über meine Erziehungsmethoden nicht den Kopf, Junge. Solange es Schulen gibt, müssen Schüler gezüchtigt werden. Das ist nicht nur in Dublin so, sondern in jeder Lehranstalt des britischen Empires und der ganzen Welt. Manche Dinge ändern sich nie, und das ist gut so.«

Davon konnte Jim ein Lied singen! Vor der O'Connell School hatte ihm schon eine andere katholische Erziehungsanstalt das Joch der Glaubensregeln anzupassen versucht. Mit bescheidenem Erfolg. Nach wie vor empfand er diese Last als drückend, oft sogar als unsinnig und kaum erträglich – zum Leidwesen seiner Lehrer. Hier, in der North Richmond Street, waren diese noch schwerer zu befriedigen als die Jesuiten auf dem Clongowes Wood College. Jims jetzige Pauker gehörten dem Orden der »Christian Brothers« an. Im Stillen nannte er die »Christlichen Brüder« jedoch »Christian Batters«, eine Anspielung auf den *bat,* den breiten Holzschläger im englischen Volkssport Kricket, der in der Hand des *batsman* oder *batter* schon so manchen Ball zertrümmert hatte.

»Kann ich gehen, Sir?«, fragte Jim leise.

Das verbliebene Schweinsäuglein des Ordensmannes verengte sich zu einem schmalen Schlitz. Leise klickten die Perlen in seiner Hand. »Du bist mir noch eine Erklärung schuldig. Was ist der wahre Grund für dein heutiges Zuspätkommen?«

»Das habe ich Ihnen doch schon zweimal erzählt, Sir. Ich bin auf der Garda Station in der Fitzgibbon Street festgehalten worden, weil die Stadtpolizei meine Aussage zu Protokoll genommen hat.«

Bruder Wishart ließ ein bellendes Geräusch vernehmen – so hörte es sich an, wenn er lachte. Schnell wurde er wieder ernst und begann den nächsten Satz betont förmlich mit Jims vollständigem Namen, was gewöhnlich ein Vorbote drohenden Unheils war. »James Augustine Aloysius Joyce, ich muss Ihnen zugestehen, dass Ihre Wortwahl wie immer exzellent ist. Allerdings mangelt es Ihrer Entschuldigung gänzlich an der bunten Phantasie, die ich sonst von Ihnen gewohnt bin. Das überrascht mich. Ich hätte gute Lust, Ihnen für Ihre jämmerliche Lügengeschichte gleich noch einmal den Hintern zu versohlen.«

Trotz des inneren Aufruhrs spielte Jim den Teilnahmslosen und zuckte die Achseln. »Die Wahrheit ist manchmal grau, Sir. Ich war wirklich auf der Polizeiwache und ...«

»Schluss damit! Mich führst du mit deinen Lügengeschichten nicht hinters Licht«, fuhr ihm der Lehrer über den Mund und streckte seinen speckigen Zeigefinger bedeutungsvoll gen Himmel. »Und *Ihn* erst recht nicht. Haben dir die Jesuiten nicht beigebracht, dass nur, wer seine Sünden beichtet und Buße tut, vom Herrn Vergebung erwarten kann? Wenn du so weitermachst, wirst du für immer in der Hölle schmoren.«

Am liebsten hätte Jim laut gestöhnt. Es war die immer gleiche Leier: Wer nicht spurt, erleidet ewige Verdammnis. Als wenn die O'Connell School selbst nicht schon das Fegefeuer auf Erden wäre! »Sie können ja auf die Wache gehen und Sergeant Corcoran fragen«, schlug er vor.

»Ha! So weit kommt's noch, dass ich dir auf den Leim gehe. Ich glaube, die Wahrheit ist anders viel leichter herauszubekommen. Zieh noch mal die Hose runter.«

»Bitte nicht!«, rief Jim erschrocken. War es der geheimnisvolle Gegenstand wirklich wert, sich ein weiteres Mal vom Riemen quälen zu lassen? Auf die Gefahr hin, das funkelnde Kleinod zu verlieren, griff Jim in die Hosentasche …

Da wurde unvermittelt die Tür zum Klassenzimmer aufgestoßen und der Direktor der Schule trat ein. Bruder Mooney war um die sechzig, groß und von hagerer Statur. Er trug einen Backenbart sowie den üblichen schwarzen Anzug und weißen Kragen der Christlichen Brüder. Beim Anblick des Lehrers mit dem Gürtel in der Hand verfinsterte sich sein faltiges Gesicht. »Bruder Wishart! Was hat das zu bedeuten?«

»Nur eine notwendige Zuchtmaßnahme«, verteidigte sich der Riemen, steckte seinen Rosenkranz weg und bedachte Jim mit einem warnenden Seitenblick. Auf ihn deutend fügte er hinzu: »Unser Mister Joyce hat heute durch sein Zuspätkommen wieder einmal gegen die Schulordnung verstoßen und von mir für jeden Eintrag ins Klassenbuch einen Streich bekommen.«

»Sie meinen wohl einen Schlag mit dem Lederriemen. Wie viele insgesamt?«

»Seit der Junge im Januar zu uns gekommen ist, sind es schon zehn Vergehen.«

Der Rektor drückte das Kreuz durch und musterte den Missetäter mit milder Strenge. »Hört, hört! Dürfte rekordverdächtig sein. Sonderbarerweise zählt der junge Rebell zu den Besten in unserer Anstalt.«

»Was nichts daran ändert, dass er die Moral der Truppe untergräbt. Er ist erst in der *vierten* Stunde zum Unterricht erschienen. Unentschuldigt!«

»Oha! Ich glaube, das ist neuer O'Connell-Rekord«, staunte der Direktor und richtete das Wort nun direkt an den Schüler. »Hat der ›Sonnige Jim‹ sich mal wieder in einem seiner eigenen Gruselmärchen verlaufen?«

»Nein, Sir«, erwiderte der Gefragte. Er staunte immer wieder, dass Bruder Mooney, obwohl er die Verantwortung für etwa sechshundert Schüler trug, sogar seinen vollständigen Spitznamen kannte. »Ich habe im Park am Mountjoy Square einen Fund gemacht und bin damit zur Garda Station in der Fitzgibbon Street gegangen, um ihn zu melden. Dadurch kam ich zu spät zum Unterricht. Sie können Sergeant Corcoran fragen, der wird alles bezeugen.«

Den weiteren Verlauf der Geschichte behielt Jim lieber für sich. So verständnisvoll wie Bruder Mooney waren nur wenige Lehrer. Die meisten empfanden für ihre Schüler eher Geringschätzung und ließen sich lieber eine banale schriftliche Entschuldigung der Eltern aushändigen, als ihre kostbare

Zeit mit den ausschweifenden Erklärungen eines elfjährigen Knaben zu verplempern.

Ja, Jim war erst elf, ein schmaler, ziemlich kurzsichtiger Junge mit blassem Gesicht, widerspenstigem, braunem Haar und blauen Augen. Doch mit einer schlichten Altersangabe konnte man seinem Wesen kaum gerecht werden. Wer ihn im Umgang mit Erwachsenen beobachtete, hielt ihn eher für dreizehn, wer ihn sprechen hörte, für sechzehn, und wer etwas von ihm las, für mindestens zwanzig.

Fürwahr, an Phantasie mangelte es dem Jungen nicht. Schon vor der Einschulung war er wegen seiner Horrorgeschichten berüchtigt gewesen, die unter Gleichaltrigen oft Furcht und bei Erwachsenen ungläubiges Staunen hervorriefen. Im Oktober 1891, vor anderthalb Jahren, hatte er den Tod eines von seinem Vater sehr verehrten irischen Politikers zum Anlass genommen, das Gedicht »Et Tu, Healy« zu schreiben. Der Titel war eine Anspielung auf Shakespeares Theaterstück *Julius Caesar*, in welchem der römische Kaiser im Angesicht des mörderischen Verräters »Et tu, Brute?« – »Auch du, Brutus?« – sagte. Damals war Jim neun. John, sein Vater, hatte die Verse drucken lassen und an Freunde verschenkt; ein Exemplar sandte er sogar an die Vatikanische Bibliothek nach Rom.

Jim war auch in anderer Hinsicht ein heller Bursche. Trübsal zu blasen lag ihm nicht, selbst wenn er als Strafarbeit fünfhundertmal »Ich soll meinen Lehrer mit ›Sir‹ anreden«

schreiben musste. Seine Antwort auf die, wie er fand, sinnlosen und langweiligen Wiederholungen des Schulalltags waren Streiche. Wenn irgendwo einer gespielt wurde, dann stand er aus gutem Grund meist ganz oben auf der Liste der mutmaßlichen Rädelsführer. Seinen Spitznamen – »Sonniger Jim« – besaß er zu Recht.

Bruder Mooney zupfte sich nachdenklich am Bart, während er all diese Umstände in Betracht zog. Schließlich stellte er dem Lehrer eine Frage, die eigentlich nur eine einzige Antwort zuließ. »Sie stimmen sicher mit mir darin überein, dass für *ein* Vergehen auch nur *eine* Bestrafung erforderlich ist, nicht wahr, Bruder Wishart?«

»Ja«, brummte der Riemen.

»Dann haben wir Ihrer geschätzten Meinung nach also sowohl der Gerechtigkeit als auch der Disziplin unserer Anstalt Genüge getan?«

Der Gefragte würgte ein weiteres Ja hervor.

Mit einem zufriedenen Nicken wandte sich der Rektor dem Schüler zu. »Es täte sowohl Ihrem Wohlbefinden als auch dem Frieden unserer Anstalt gut, wenn Sie in Zukunft etwas pünktlicher wären, Mr Joyce.«

»Ja, Sir.«

»Dann wünsche ich Ihnen noch einen guten Tag.«

»Ich Ihnen ebenso, Sir«, antwortete Jim erleichtert. Dem wütenden Blick des Riemens wich er wohlweislich aus, indem er sich flugs seinen Schulranzen schnappte, aus dem

Raum stürzte und auf die Straße lief. Seine Sohlen knallten auf dem Kopfsteinpflaster, so schnell rannte er davon.

Erst als die ungeliebte Schule außer Sichtweite war, zügelte Jim das Tempo. Er brauchte seine Puste noch, um es bis zur Middle Abbey Street zu schaffen. Dort, im Herzen von Dublin, lag das Büro eines Mannes, der sich mit alten Rätseln auskannte und vielleicht sagen könnte, was es mit dem seltsamen Fund auf sich hatte.

Der Journalist arbeitete für *The Irish Times*. Sie war unter den Zeitungen der Grünen Insel wohl die bedeutendste und Christopher Cox ihr wichtigster Mann. Jedenfalls sah Jim das so – er bewunderte den Kritiker wegen seiner spitzen Feder sehr. Womit die strengen Kirchenmänner nur drohten, vermochte Cox wahrzumachen: Mit wenigen Zeilen konnte er ein Theaterstück in den Himmel loben oder in die ewige Verdammnis der Bedeutungslosigkeit schicken. Wenn einer etwas von der Macht des geschriebenen Wortes verstand, dann er.

Jim entsann sich noch gut der ersten Begegnung mit dem schrulligen Sprachjongleur. Die Familie Joyce hatte im letzten Dezember die Bühnenpremiere von *Sindbad der Seefahrer* besucht und Jims Vater hatte nichts Besseres zu tun gewusst, als Cox eine Kopie von »Et Tu, Healy« in die Hand zu drücken, das Gedicht seines ältesten Sprösslings. Jim wäre vor Scham am liebsten im Boden versunken. Seine Poesie sei in den letzten vierzehn Monaten merklich gereift, hatte er mit hochrotem Kopf versichert.

»Ich kann kaum glauben, dass diese kraftvolle Sprache aus der Feder eines Neunjährigen stammen soll«, staunte der Theaterkritiker, kaum dass er einen Blick auf das Gedicht geworfen hatte. Er klopfte dem jungen Poeten auf die Schulter und lud ihn zu einem Besuch in die Zeitungsredaktion ein. »Bringe ruhig deine Arbeiten mit. Ich würde sie mir gerne ansehen.«

Begleitet von seinem Vater, hatte Jim einige Tage später die Gelegenheit beim Schopfe gepackt. Schon bald war er dann regelmäßig allein in die Middle Abbey Street marschiert, um sich mit Cox auszutauschen.

Der Weg ins Stadtzentrum, obwohl er nicht sehr weit war, glich einer abenteuerlichen Reise durch die gesellschaftlichen Höhen und Tiefen von Dublin. Die Häuser des von der Familie Joyce bewohnten Viertels waren zumeist nobel, manchmal sogar richtige Villen mit großen Gärten drum herum. Doch unweit davon begannen die schäbigen Mietskasernen, in denen jene auf kleinstem Raum zusammengepfercht lebten, die sich für einen Hungerlohn verdingen mussten. Im Stadtzentrum wiederum mischte sich das Elend mit dem Wohlstand der Geschäftsleute. Innerhalb weniger Minuten konnte man elegante Damen und Herren in glänzenden Kutschen um ihren Reichtum beneiden, die Funken sprühenden neuen elektrischen Straßenbahnen bestaunen und gleichzeitig zerlumpte, in Hauseingängen lebende Kinder bedauern. An diesem Nachmittag hatte Jim für all das jedoch keinen Blick. Mit weit ausholenden Schritten lief er über das Kopfsteinpflaster. Ständig musste er an die merkwürdigen Erlebnisse der letzten Stunden denken.

Es hatte kurz nach dem Frühstück begonnen. Die Familie bewohnte das Haus Nummer 14 in der Fitzgibbon Street, ein vierstöckiges Gebäude aus rotem Backstein, das nur wenige Schritte vom Mountjoy Square mit seinem herrlichen Park entfernt lag. Oft stattete Jim der Grünanlage schon vor Unterrichtsbeginn einen Besuch ab, weil er nirgendwo besser über seine Geschichten nachsinnen konnte als hier, auf der Bank im Schatten einer uralten Eiche. An diesem Morgen war er jedoch überrascht worden.

Er hatte sich gerade die wärmende Frühlingssonne in den Nacken scheinen lassen und über den Traum der vergangenen Nacht nachgedacht. Darin war er zwischen die Wurzeln des Baumes hindurch in ein Zwergenreich hinabgestiegen, in welchem er allerlei Wundersames zu sehen bekam. Jetzt, am Morgen danach, hatte ebenjene Stelle seinen Blick wie magisch angezogen, so als könnte er dort tatsächlich auf das Tor zur einer anderen Welt stoßen. Und dabei entdeckte er das Funkeln.

Erst hatte er gemeint, der Traum narrte ihn, er gaukelte ihm den Mountjoy Square Park nur vor. Als Jim jedoch von der Bank aufgestanden war, um dem Geglitzer auf den

Grund zu gehen, fand er zwar kein Zwergentor, wohl aber einen über die Maßen rätselhaften Gegenstand.

Es handelte sich um ein gewölbtes Metallstück, vermutlich aus Bronze, das etwas kleiner als sein Handteller und an den Rändern wie ein Puzzleteil verzahnt war. Möglicherweise hatte es ursprünglich zu einer Kugel aus mehreren solcher Elemente gehört. Die nach innen gebogene Rückseite glänzte wie poliertes Messing – sie hatte Jim den Lichtreflex ins Auge gespielt. Das eigentliche Rätsel stellte für ihn jedoch die in einem matten, gelblichen Braun schimmernde Außenfläche dar. Darauf strahlten Linien wie flüssiges Gold. Sie bildeten ein verschlungenes Geflecht, das irgendwie einer Maßeinteilung glich, zugleich aber so kunstvoll wie ein keltisches Knotenornament aussah. An drei Schnittpunkten funkelten überdies rubinrote Edelsteine. Daneben waren Schriftzeichen eingraviert, deren Bedeutung Jim nicht kannte.

Aus einem verschwommenen Gefühl heraus hatte er den Fund für sehr kostbar gehalten und war damit sofort zur Polizei gegangen. Aber Sergeant Corcoran hatte nur müde gelächelt. »Das ist wertloser Plunder, Junge. Den kannst du behalten.« Vermutlich wollte er sich nur um das Ausfüllen eines Formulars drücken. Jedenfalls war Jim unverrichteter Dinge wieder abgezogen.

Knapp eine halbe Stunde später hatte er den Fluss Liffey überquert und in der Kildare Street die Nationalbibliothek betreten. Inmitten so vieler Bücher fühlte er sich immer wie elektrisiert. Am liebsten hätte er sie alle in sich aufgesogen. Er las zeitgenössische Schriftsteller, die jüngeren Klassiker wie Alexandre Dumas' *Die drei Musketiere* oder *Der Graf von Monte Christo,* die alten Meister wie William Shakespeare und natürlich Homer.

Der griechische Dichter besaß für viele Iren einen besonderen Stellenwert. Bis vor wenigen Generationen war von der britischen Regierung den katholischen Kindern der Grünen Insel der Schulbesuch strengstens verboten worden. Deshalb wurden sie vor allem auf dem Land von den sogenannten »Heckenlehrern« – im Schutz der Weidenhecken – heimlich unterrichtet. Mit Lesebüchern in gälischer Sprache. Und mit Homer.

Im Moment wünschte sich Jim, so klug wie dessen Held Odysseus zu sein. Seinem Rat folgend hatten die Griechen im Trojanischen Krieg ein hölzernes Pferdes gebaut, in dem sich einige Soldaten verstecken konnten. Das vermeintliche Geschenk wurde von den Trojanern in die Stadt gebracht, die griechischen Kämpfer überwältigten die Wachen, öffneten die Tore und Troja fiel. Auf seiner Heimreise, einer zehnjährigen Irrfahrt, war der Held mit List dem einäugigen Riesen Polyphemos entwischt.

»Ich bin ein Niemand«, hatte Odysseus dem Zyklopen gesagt und sich gleich darauf verbessert: »Mein Name ist Niemand.« Später, als er dem Menschenfresser einen glühenden Pfeil ins Auge rammte, rief der seinen herbeieilenden Kumpanen zu: »Niemand schlägt mich.« So liefen die Riesen wieder fort und Odysseus konnte entkommen.

Der blitzgescheite König von Ithaka hätte bestimmt auch irgendein Orakel gefunden, das ihm Sinn und Zweck des rätselhaften Gegenstands aus dem Park erschloss. Jim dagegen war auf die Bücher und Bibliothekare der Nationalbibliothek angewiesen, und die konnten ihm auch nicht weiterhelfen. Nun war seine letzte Hoffnung Mr Cox.

Im Zeitungsgebäude kannte man den Nachwuchsdichter bereits und schickte ihn umgehend ins Büro seines Mentors. Dort, zwischen Bergen von Büchern und gebündelten Manuskripten verschanzt, fand Jim ihn denn auch.

Der stets etwas zerstreut wirkende Theaterkritiker pflegte sein Äußeres wie ein Markenzeichen. Vorsichtig ausgedrückt, war es unüblich. Er sah gewöhnlich so aus, als sei gerade der Blitz in ihn eingeschlagen: Die spärlichen grauen Haare standen ihm wirr vom Kopf ab, der Tweedanzug war so zerknittert wie die Klippen von Moher an der Südwestküste Irlands, und auf seiner Weste tummelte sich eine Herde von Flecken jeder Geschmacksrichtung.

»Du kommst spät heute«, begrüßte Mr Cox seinen jungen Freund.

»Ich hatte Ärger in der Sackgasse.« So pflegte sich Jim auszudrücken, wenn er den Namen des Schulhauses am Ende der North Richmond Street nicht über die Lippen brachte.

»Der Riemen?«

Jim nickte. Er hatte Mr Cox gegenüber hin und wieder ein paar Andeutungen von den Zuständen an der O'Connell gemacht, ihn aber gleichsam nur die Spitze des Eisberges der Drangsalierungen sehen lassen.

Doch der Alte war schlau. Er ahnte vermutlich, dass es unter der Oberfläche noch viel mehr gab, was den Jungen bedrückte. »Willst du darüber reden?«

»Nein«, antwortete Jim. Bruder Wishart hatte ihm mehr als nur die Hölle angedroht, wenn er je über die Einzelheiten seiner »Erziehungsmaßnahmen« sprach.

»Bringst du mir ein neues Gedicht?«, wechselte Mr Cox mit einem Lächeln das Thema.

Jim zog das Metallstück aus der Hosentasche und legte es vor den Journalisten auf den Tisch. »Ich habe heute dieses Ding hier gefunden. Wissen Sie, was das sein könnte?«

Der Zeitungsmann erstarrte. Seine Augen schienen jäh um das Doppelte gewachsen. Wortlos bestaunte er »das Ding«.

»Sie scheinen es zu kennen«, sagte Jim nach einer angemessenen Wartezeit.

»Woher hast du es?«

Jim berichtete von seinem Traum, der Entdeckung unter

dem Baum, der Abfuhr auf dem Polizeirevier, der fruchtlosen Suche in der Bibliothek, und er wiederholte: »Sie haben so etwas schon einmal gesehen, nicht wahr? Was ist das?«

Mr Cox streckte den kleinen Finger aus und deutete mit dem merkwürdig gekrümmten Glied auf eine bestimmte Stelle im Linienwirrwarr des geheimnisvollen Etwas. »Siehst du diese vielen Querstriche hier zwischen den Rubinen?«

»Woher wissen Sie, dass es Rubine sind?«

Die strubbeligen Augenbrauen des Alten zogen sich bedrohlich zusammen. »Das liegt doch auf der Hand. Und jetzt beantworte endlich meine Frage: Was fällt dir zu den Markierungen und dem Liniennetz ein?«

Jim schob die Unterlippe vor. »Könnte eine Skala sein. Wie bei einem Zollstock. Vielleicht gehört das Teil zu einem Messinstrument.«

»Sehr gut!«, lobte ihn der Journalist. »Oder von einem Astrolabium. Sagt dir der Begriff etwas?«

»Ich glaube, damit hat man früher die Sterne am Himmel beobachtet.«

»Bravo, junger Mann! Der Name wurzelt im Griechischen. Er bedeutet so viel wie ›Stern-Nehmer‹. Vor Erfindung des Sextanten haben die Seefahrer damit den Winkel von Himmelskörpern über dem Horizont gemessen. So konnten sie auf hoher See ihre Position bestimmen.«

»Also stammt das Teil von irgendeinem … Navigationsgerät?«

Mr Cox betrachtete versonnen den schimmernden Gegenstand und ein entrücktes Lächeln umspielte seine Lippen. »Das lässt sich wohl nicht leugnen. Doch glaube mir: Wer den Blick allein zum Himmel wendet, kann sich mit diesem ›Stern-Nehmer‹ nur verirren.«

Jim kratzte sich am Kopf. Irgendetwas verschwieg ihm der kauzige Sprachjongleur. »Und wohin soll man dann damit gucken?«

»Vielleicht nach innen?«, schlug Mr Cox vor.

Jetzt war Jim restlos verwirrt. »*Können* Sie mir nicht helfen oder *wollen* Sie's nicht?«

»Ich darf nicht.«

Jim stöhnte. Was sollte das nun wieder heißen? »Kennen Sie den rechtmäßigen Eigentümer dieses Dings?«

»Ich weiß, wem es früher einmal gehört hat, aber das ist lange her. Er hat es vor vielen Jahren fortgeworfen ...«

»Einfach so?«

»Einfach so.«

»Und jetzt?«

»Vielleicht kann ich dir helfen, den Nachfolger des einstigen Besitzers zu finden. Wir sind hier schließlich in einer Zeitung. Gib eine Annonce auf.«

»Ich hab kein Geld. Mein Vater ...« Jim biss sich auf die Unterlippe.

»... hat mal wieder zu tief ins Bierglas geschaut?«, riet Mr Cox.

Jim ließ den Kopf hängen und nickte. Sein Vater hatte die Familie in den letzten Jahren von einer Katastrophe in die nächste gesteuert. Einst war der aus Cork stammende Handelsmann John Stanislaus Joyce wohlhabend und angesehen gewesen. Damit sein ältester Sohn eines Tages Priester werden konnte, hatte er ihn zu den Jesuiten aufs Clongowes Wood College geschickt, der exklusivsten Schule Irlands. Aber John vermochte weder mit Geld noch mit Alkohol richtig umzugehen.

Nach seiner vorzeitigen Pensionierung im letzten Jahr hatte er das jährliche Schulgeld von fünfundzwanzigtausend Pfund nicht mehr zahlen können. Seitdem verkaufte er nach und nach seinen Besitz. Die Familie hatte Leoville aufgegeben, ein nobles Haus im Vorort Blackrock, und war ins Zentrum von Dublin gezogen, nördlich des Liffey, wo vorwiegend die weniger betuchten Leute wohnten. Anfang Januar hatte hier für Jim das Fegefeuer von O'Connel begonnen. Die Jesuiten seien die Gentlemen der katholischen Erziehung, pflegte sein Vater zu sagen, und die Christlichen Brüder ihre Drohnen, faule Nutznießer jenes Ansehens, das sich die Mönche der »Gesellschaft Jesu« in der Jugendbildung erworben hätten. Ungeachtet dessen hatte er zwei seiner Söhne an ein besonders garstiges Exemplar dieser »Insekten« ausgeliefert.

»Um die Anzeige kümmere ich mich. Du musst mir nur den Text geben«, sagte Mr Cox.

»Können Sie den nicht für mich schreiben?«

»Das ist ausgeschlossen«, antwortete der Alte schroff.

»Und wieso?«

»Weil ...«, druckste Mr Cox. »Weil du den wahren Besitzer nur finden wirst, wenn du deine eigene Phantasie gebrauchst.«

»Kapier ich nicht.«

Ein wissendes Lächeln umspielte den Mund des Theaterkritikers. »Wart's nur ab. Du wirst es bald verstehen. Sehr bald sogar.«

Das Mädchen

Dublin (Irland), 30. Mai 1893

Auf dem Bahnsteig herrschte ein heilloses Durcheinander. Die Leute liefen kreuz und quer wie eine vom Wolf aufgeschreckte Schafherde, und Jim war mittendrin. Er hatte das Gefühl, ganz Dublin sei an diesem Dienstagmorgen zur Kingsbridge Station geströmt, um ihn zu verabschieden. Nur von seiner Familie war niemand mit ihm gekommen. Der Vater hatte schon früh das Haus verlassen. Vermutlich saß er jetzt irgendwo in einem Pub, schüttete bereits das zweite oder dritte Pint des Nationalgetränks in sich hinein – dieses schäumende, ebenholzfarbene Bier, das ihn immer so leicht reizbar machte – und schmetterte dabei irische Volksweisen. Die Mutter jedenfalls kümmerte sich um »Stannie«, den fast drei Jahre jüngeren Bruder Stanislaus, der mit Fieber im Bett lag. Jim war es gewohnt, allein zurechtzukommen. Mit acht

Geschwistern wird man schneller erwachsen als ein wohlbehütetes Einzelkind.

Wohin er auch blickte, überall versperrten ihm Kopfbedeckungen die Sicht. Da gab es die schwarzen Zylinder der Herren in ihren eleganten Gehröcken, die aus Stroh geflochtenen Florentiner von Damen mit Wespentaillen, Gesäßpolstern und wallenden, bodenlangen Kleidern, die fast immer schief sitzenden Dienstkappen der Kofferträger, die mit ihren gepäckbeladenen hölzernen Schubkarren wagemutig durch das Getümmel schossen, sowie die Schieber- und Ballonmützen der weniger betuchten Fahrgäste, zu denen auch Jim gehörte. In dem wogenden Meer aus Hüten den richtigen Zug zu finden, fiel ihm nicht leicht. Manchmal hasste er es, im Körper eines Elfjährigen zu stecken, und wünschte sich, wenigstens schon sechzehn zu sein.

Aus einer Wolke von Wasserdampf tauchte unvermittelt ein weißes Schild mit einer schwarzen Drei auf. Das war sein Gleis! Er warf sich den Seesack über die Schulter und stürzte sich ins Gewühl.

Irgendwann in den nächsten Stunden, so hoffte er, würde er endlich Antworten auf seine Fragen bekommen. Das unter der alten Eiche im Mountjoy Square Park gefundene Ding hatte sein Leben gehörig durcheinandergewürfelt. Nach der Züchtigung durch den Riemen war er nicht wieder in die Schule zurückgekehrt.

Er fühle sich nicht wohl, hatte er seiner Mutter gesagt, und das war nicht einmal gelogen. Die Eltern reagierten besorgt, hatte der Typhus doch schon zwei ihrer Kinder dahingerafft. Und auch Jim strotzte nicht gerade vor Gesundheit. Im Juni 1891 hatte er das Jesuiten-Internat verlassen müssen, um im Krankenhaus eine fiebrige Infektion auszukurieren. Mehrere Monate lang unterrichtete er sich danach selbst; die Mutter kontrollierte lediglich seine Lernfortschritte. Aus der Rückkehr nach Clongowes wurde dann nichts mehr, wegen der erwähnten Geldschwierigkeiten.

Auch in den zurückliegenden neun Wochen hatte der Vater dem Müßiggang einen Riegel vorgeschoben: Jim musste sich den Stoff des laufenden Schuljahres wieder einmal allein beibringen. In dieser Zeit konnte er zwar das Rätsel des geheimnisvollen Dings nicht knacken, aber er war zumindest einer Lösung näher gekommen.

Auf das Inserat in *The Irish Times* hatte sich nämlich schon nach wenigen Tagen jemand gemeldet. Ein Brief war in der Redaktion eingegangen. Er steckte in einem ganz altmodisch mit rotem Wachs verschlossenen Umschlag. Jim hatte ihn noch in Gegenwart des Theaterkritikers geöffnet, seine Hände zitterten vor Aufregung, als er das Siegel brach.

Die Nachricht war mit blauer Tinte auf handgeschöpftem, gelblichem Papier geschrieben. Über den wenigen Zeilen prangte ein Wappen mit einem gelben Segelschiff. Es handelte sich um eine Einladung, die Jim geradezu elektrisierte.

Lieber James Augustine Aloysius Joyce!

Mit großer Freude habe ich zur Kenntnis genommen, dass Ihnen ein Teil des Phantalabiums zugefallen ist. Vermutlich werden Sie mit dieser Erklärung nicht viel anfangen können, doch seien Sie versichert: Ihnen ist damit eine große Ehre widerfahren. Nur junge Menschen mit außergewöhnlicher Begabung werden vom Phantalabium ausgewählt. Um mich hier nicht in Weitschweifigkeiten ergehen zu müssen, möchte ich Sie im Juni auf mein Schloss am Loch Riach zu meinem alljährlichen Erzählreigen einladen. Es ist ein munterer Wettstreit von Gleichgesinnten, zu denen hoffentlich auch Sie bald gehören werden. Ihre Anreise ist für den 30. Mai vorgesehen und Sie werden bis zum Tag des nächsten Vollmondes bleiben. Sämtliche Kosten übernehme selbstverständlich ich. Bitte senden Sie mir eine Bestätigung, sofern Sie die Einladung annehmen. Die Bahnfahrkarte und weitere Instruktionen gehen Ihnen dann rechtzeitig zu.

Mit vorzüglicher Empfehlung

Lord Seanan Alistair

Mr Cox hatte geschmunzelt. Auf bohrende Fragen des Jungen nach der Bedeutung des Wortes »Phantalabium« war er beharrlich nicht eingegangen. Dafür hatte er mit Jims Eltern gesprochen und ihnen versichert, Lord Alistair sei ein Ehrenmann und die Einladung zu dem Erzählwettbewerb eine Art Ritterschlag für Jungliteraten. Der Ruhm vieler berühmter Dichter und Schriftsteller sei auf Brendan Castle begründet worden.

Letztlich gab Sir Alistairs Großzügigkeit den Ausschlag für die Zustimmung von Jims Vater. Den Sohn einen Monat im schönen Galway County durchzufüttern, ihn frische Luft sowie den würzigen Duft der regenfeuchten Wiesen atmen zu lassen und für all das nichts zu verlangen, hatte ihn schwer beeindruckt.

Endlich erreichte Jim seinen Waggon. Der Lord hatte sich nicht lumpen lassen und eine Fahrkarte erster Klasse spendiert. Dieser Umstand rief auch sofort den Argwohn eines beleibten Schaffners hervor. Als bewache er die Tür des Salonwagens von Queen Victoria persönlich, der Herrscherin des Vereinigten Königreiches von Großbritannien und Irland, versperrte er Jim breitbeinig den Weg, kreuzte die Arme über der Brust und schnauzte: »Was willst du denn hier, Bürschchen? Die dritte Klasse ist am Ende des Bahnsteigs.«

»Mein Abteil befindet sich aber in diesem Wagen, Sir«, gab Jim erhobenen Hauptes zurück.

»Verkohlen kann ich mich alleine. Wenn du dich nicht gleich verdünnisierst, dann mach ich dir Beine.«

Jim streckte dem Schaffner seine Fahrkarte entgegen. »Hier ist mein Billet.«

Die gedruckten Tatsachen bewegten den Bahnbediensteten zum Einlenken. Verständnislos schüttelte er den Kopf und schnaufte: »Der reinste Kindergarten ist das heute. Also rein mit dir. Und benimm dich ja anständig!«

Was der Grobian damit meinte, verstand Jim zwar nicht, doch er blieb selbstbewusst und erwiderte: »Danke gleichfalls.«

Der Beleibte rückte mit finsterer Miene zur Seite.

Jim schlüpfte an ihm vorbei in den Zug und machte sich auf die Suche nach dem Abteil Nummer sechs. Als er dieses gefunden hatte und vom Gang aus durch das Abteilfenster hineinsah, wurde ihm einiges klar. An einem schmalen, spiegelblanken Mahagonitisch saßen sich auf rot gepolsterten Bänken ein pausbäckiger, etwa zwölf Jahre alter Junge mit feuerrotem Strubbelkopf sowie ein wohl etwas älteres Mädchen in einem hellblauen Kleid gegenüber. Ersterer schob auf dem Tisch kleine, in vier Farben lackierte Holztafeln umeinander, Letztere blickte auf ihre Hände, in denen sie etwas hielt. Beide Fahrgäste hatten Jim noch nicht bemerkt.

Er öffnete die Schiebetür, betrat das Abteil und wünschte einen guten Morgen. Der Junge reagierte nicht, sondern beschäftigte sich weiter mit seinem Legespiel, einem Tangram oder Nussknacker, auch Yum Yum genannt. Das Mädchen lächelte Jim zu und erwiderte den Gruß.

»Ist er taub?«, fragte er und deutete mit dem Kopf nach rechts. Die Unhöflichkeit des anderen ärgerte ihn, doch nicht einmal seine provozierende Frage ließ den Spieler innehalten.

»Eher süchtig«, antwortete das Mädchen, lachte und streckte Jim die Hand entgegen. »Ich bin Adeline Virginia Stephen, aber du kannst Lena zu mir sagen. Und wie heißt du?«

Ihre Direktheit überraschte ihn. Sie war von zarter, fast elfenhafter Statur, hatte feines, langes, braunes Haar, grüne Augen und ein hübsches Gesicht. Eigentlich machte sich Jim nichts aus Mädchen, aber dieses gefiel ihm ganz gut. Er stellte sich mit vollem Namen vor und fügte hinzu: »Aber meine Freunde nennen mich Jim.«

»Angenehm, Jim. Komm, setz dich neben mich, damit wir den Yum Yum nicht stören.«

»Wen?«

Lena deutete auf den Jungen. »Den Tangramspieler. Er saß schon so da, als ich gekommen bin.«

Besagter Junge schob ungerührt weiter die sieben bunten Holzteile auf dem Tisch herum und versuchte, daraus Figuren zu bilden. Die beiden anderen schienen für ihn nicht zu existieren.

Jim wuchtete den Seesack auf die Gepäckablage und nahm an Lenas Seite Platz. Dabei fiel sein Blick auf den Gegenstand in ihrer Hand. Überrascht riss er den Mund auf.

Einen Moment lang wirkte Lena verwirrt. Sie schaute erst Jim an, danach das Ding in ihrer Hand. »Du siehst so etwas nicht zum ersten Mal, stimmt's?«

»Allerdings«, antwortete er leise. Er zog sein Bronzestück aus der Hosentasche und öffnete verstohlen die Hand. »Ich besitze selbst ein Phantalabium. Wo hast du deins gefunden?«

Lena warf einen Blick über den Tisch. Der Junge mit dem Geduldspiel war in seiner eigenen Welt. »Wir haben nur Teile des Phantalabiums«, verbesserte sie ihn. »Meines stammt aus einer Rumpelkammer.«

»Darf ich's mal ansehen?«

Lena gab es ihm.

Unzweifelhaft gehörten beide Metallstücke zum gleichen Phantalabium. Auch auf Lenas Teil befanden sich Linien und Rubine. Einer inneren Eingebung folgend, legte Jim die verzahnten Ränder aneinander. Zunächst schien es, als wollten sie nicht zueinanderpassen. Doch dann ließ er das eigene Bronzestück eine Weile kreisen und mit einem Mal fügten sich die Einzelteile zusammen, als seien sie nie voneinander getrennt gewesen.

»Fast wie Zauberei!«, staunte das Mädchen.

Jim nickte nur. Die fest verbundenen Teile ließen die Kugelform des Phantalabiums noch deutlicher erahnen.

»Wir passen gut zusammen«, sagte das Mädchen nach einer Weile.

Er sah Lena fragend an. Hatte sie sich versprochen und meinte eigentlich die Phantalabiumstücke? Oder …?

Sie schien seine Gedanken zu erraten und sagte, ehe die Stille peinlich werden konnte: »Du musst ein guter Erzähler sein, wenn Lord Alistair dich auf sein Schloss einlädt. Lass mal hören, wo du herkommst und wer du bist.«

Es war sonst nicht Jims Art, sein häusliches Umfeld zum Thema öffentlicher Erörterungen zu machen, aber Lena gegenüber konnte er einfach nicht an sich halten und redete wie ein Wasserfall. Er berichtete von seiner frommen Mutter Mary Jane, die seit dreizehn Jahren fast immer schwanger war, von den guten und den weniger angenehmen Seiten seines Vaters, von den Marotten seiner acht Geschwister Poppie, Stannie, Charlie, Georgie, Eileen, May, Eva und Florence sowie von seiner großen Leidenschaft: dem Fabulieren.

Wie sich herausstellte, liebte auch Lena das Erdenken von Geschichten und Schreiben von Gedichten. Sie stammte aus London. Zu Jims Überraschung hatte sie am 25. Januar 1882 das Licht der Welt erblickt, also nur acht Tage vor seiner Geburt in Dublin. Ihr Vater war der bekannte Schriftsteller, Gelehrte und Bergsteiger Leslie Stephen. Weil er seine Kenntnisse der Schweizer Alpen jüngst in den Dienst des berühmten Schriftstellers Arthur Conan Doyle, des Erfinders von Sherlock Holmes, gestellt hatte, war Lena oft in dessen Haus in South Norwood gewesen. Dort, in der Tennison

Road Nummer 12, hatte sie, in einem Zimmer voller Gerümpel, auch ihren Teil des Phantalabiums entdeckt.

Während die beiden miteinander plauderten, verging die Zeit wie im Flug. Von ihnen unbemerkt, schleppte die Dampflokomotive ihre Waggons durch die grünen Midlands, wurde von zwei kurzen Regenschauern benetzt und rollte schließlich in den Bahnhof von Attymon.

Hier wurde das Gespräch der zwei kurz unterbrochen, weil unvermittelt ein aufgeregter Mann ins Abteil stürzte, den täfelchenschiebenden Rotschopf beim Schlafittchen packte, über die Gefahren der Spielsucht wetterte und den Jungen samt Gepäck nach draußen zerrte. Anschließend bog der Zug auf ein Nebengleis gen Süden ab und erreichte, nach einem weiteren kurzen Zwischenstopp, die Endstation.

Loughrea war ein verschlafenes Nest, das in einer beschaulichen grünen Hügellandschaft am Nordostufer des Loch Riach lag. Der herzförmige See war gewissermaßen das irische Loch Ness. Angeblich hauste darin ein Ungetüm, möglicherweise ein Vetter dritten Grades oder eine Base der schottischen Nessie. Bei den alten Iren, die sich nicht viel um das Englisch der Kolonialherren scherten, hießen das Gewässer und der Ort fast genauso, denn der Name Loughrea leitete sich vom gälischen Baile Locha Riach ab, was nichts anderes als »Stadt am Grauen See« bedeutete. Nicht wenige Engländer nannten den See Lake Loughrea – also »See Grauer See«. Diesen Unsinn machte Jim jedoch nicht mit und blieb beim irischen Namen.

Das Empfangskomitee vor dem kleinen Bahnhofsgebäude setzte ihn und Lena in Erstaunen. Ein leibhaftiger Butler in schwarzem Anzug samt Schwalbenschwanz stand steif wie ein Telegrafenmast auf dem Bahnsteig. Auf seinem Kopf saß eine Melone und über dem angewinkelten Arm hing ein großer Regenschirm. Falten hatte er wenige in seinem knochigen Gesicht – er konnte ebenso gut fünfzig wie siebzig sein. Wegen seiner hoch aufgeschossenen hageren Statur und der bitterernsten Miene strahlte er etwas von einem Leichengräber aus. Jim und Lena rückten unwillkürlich zusammen, als er auf sie zutrat.

»Master Joyce und Miss Stephen?«, fragte der Butler mit einer Stimme, die nicht nur unendlich gelangweilt, sondern auch ziemlich verschnupft klang.

»Die sind wir«, bestätigte Jim.

»Und ich bin Butler.«

»Das ist ja nicht zu übersehen.«

Aus luftiger Höhe fiel ein mürrischer Blick auf den vorlauten Jungen herab. »Dies ist mein Name: Arthur Butler.«

»Oh! Dann sind Sie gar kein Diener?«

»Sir Alistair hat mir weit mehr Verantwortungen übertragen als die Obliegenheiten eines gewöhnlichen Butlers. Unter anderem dient meine Wenigkeit Ihrer Lordschaft als Sekretär, Leibwächter und manchmal – so wie gerade jetzt – sogar als Kutscher.«

»Ein König, der Mädchen für alles ist«, witzelte Lena in Anspielung auf jenen sagenhaften König Artus, der sein Schwert Excalibur aus einem Stein herausgezogen und sich an seinem Hof Camelot mit so tapferen Rittern wie Parzival, Lancelot und Galahad umgeben hatte.

Die grauen Augen des Butlers leuchteten kurz auf, nicht missbilligend, sondern eher so, als fühle er sich geschmeichelt. Einen Wimpernschlag später war die Gefühlsregung auch schon wieder hinter der steifen Maske des Pflichtbewusstseins verschwunden und Arthur hieß die Gäste im Namen von Lord Alistair herzlich willkommen. »Darf ich Ihnen Ihr Gepäck abnehmen?«

»Es geht schon«, sagte Lena und versteckte ihren kleinen Koffer hinter dem Rücken, als wolle sie ihn vor den langen Fingern des spinnenhaften Dieners in Sicherheit bringen.

»Nun, das ist fein«, sagte der zufrieden. »Dann wollen Sie mir bitte zur Kutsche folgen.«

Arthur machte sich in raumgreifenden Schritten an die Umrundung des Bahnhofsgebäudes. Die jungen Herrschaften hatten Mühe, ihm mit ihrem Gepäck zu folgen.

»Sind wir denn die einzigen Besucher?«, ächzte Jim.

Der Diener lachte einmal kurz auf; es klang, als würde er bellen. »Wo denken Sie hin! Dieses Jahr haben sich vierzehn Teilnehmer angemeldet. Die meisten sind bereits auf dem Schloss und der Rest wird heute Nachmittag eintreffen.«

Der Butler führte die Gäste zu einem Landauer, einer großen, offenen Kutsche mit einem Gespann aus vier Apfelschimmeln. Jim und Lena setzten sich auf die hintere Bank, Seesack und Koffer landeten auf der vorderen. Bedächtig nahm Arthur auf dem Kutschbock Platz.

Und dann begann ein Höllenritt. So zumindest kam es Jim

vor. Die Pferde stemmten sich in die Geschirre, brachten den viersitzigen Wagen in Schwung und preschten bald darauf über das Kopfsteinpflaster der Station Road nach Süden, als sei die ganze irische Verwandtschaft von Nessie hinter ihnen her. Lena griff vor Schreck nach Jims Hand, was wiederum ihn zusammenfahren ließ – das Mädchen konnte stärker zudrücken, als er ihm zugetraut hätte.

Er rechnete mit dem Schlimmsten. Seine Finger würden entweder brechen oder absterben, während das Fuhrwerk zwischen den Fassaden hundertjähriger Häuser hindurchklapperte. Als der Landauer an den Ruinen von Loughrea Castle vorbeifegte, dachte Jim schon, der verrückte alte Kutscher wollte mit ihnen geradewegs in die dunklen Fluten des Sees rasen. Aber dann riss Mr Butler an den Zügeln und der Vierspänner bog auf zwei Rädern nach rechts ab.

»Wollen Sie uns alle dem Seeungeheuer zum Fraß vorwerfen?«, rief Jim entsetzt.

Der Alte lachte. »Eins nach dem anderen.«

Obwohl der Weg auf dem letzten Stück alles andere als eben war, hatte die Kutsche für die etwa zwei Meilen vom Bahnhof bis zum westlichen Seeufer nur knappe zehn Minuten benötigt. Dabei musste sie den herzförmigen Loch Riach im Norden, also an seiner breitesten Stelle, umfahren. Mit dem Ruderboot sei die Strecke nur halb so weit, erklärte Mr Butler, der Butler, während er die Apfelschimmel eine bewaldete

Anhöhe hinauftrieb. Bald lichteten sich die Bäume und Lena ließ die Hand ihres Beschützers los, um sich ganz ihrem Staunen hinzugeben.

Vor ihnen erschien Brendan Castle.

Das Anwesen überblickte den See wie ein steinerner Wächter aus uralter Zeit. Seine Mauern aus grob gehauenen, grauen Felsblöcken, der umlaufende Wall aus demselben verwitterten Material, die viereckigen Wehrtürme und kleinen Fenster in der Fassade ließen es so trutzig wie eine mittelalterliche Festung erscheinen.

Der Landauer rollte durch ein offenes Tor in den Hof. Darin erblickte Jim eine knorrige Ulme, üppig grüne Rasenflächen, einen Brunnen, vier kleinere Häuser, das dreistöckige Hauptgebäude mit dem doppelt so hohen Turm und wohl ein Dutzend Jungen und Mädchen, einige in seinem Alter, andere schon fast erwachsen. Manche trugen altertümliche Kostüme und vertrieben sich die Zeit mit Rollenspielen. Dabei wurde viel geredet, hier ruhig und bedächtig, dort mit Händen und Füßen. Den unter-

schiedlichen Hautfarben nach zu urteilen, kamen die Besucher aus aller Herren Länder.

Arthur lenkte die Kutsche vor den Palast und brachte sie längs einer kleinen Freitreppe zum Stehen. Er machte eine raumgreifende Geste, die den ganzen Innenhof umfasste. »Früher haben die Ritter hier ihre Kräfte mit Schwert und Lanze gemessen. Heute wird auf Brendan Castle nur noch die Phantasie geübt. Aber das wird Lord Alistair Ihnen bald alles selbst erklären. Während ich mich um die Pferde kümmere, wird Mrs Penelope Power Ihnen die Räumlichkeiten zeigen.« Er deutete auf eine Frau, die gerade im Eingang des Haupthauses erschien. Sie war etwa Mitte fünfzig, sehr kräftig gebaut und trug ein hochgeschlossenes, langes, schwarzes Kleid, dessen Faltenflut ihre enorme Körperfülle nicht unbedingt zu ihrem Vorteil umwogte. Umso überraschender empfand Jim die Leichtfüßigkeit, mit der sie die Treppe hinabtänzelte.

»Ihr müsst James und Adeline sein. Herzlich willkommen auf Brendan Castle«, rief sie mit rauer, aber freundlicher Stimme. Arthurs steifes Gehabe machte sie durch erfrischende Herzlichkeit wett.

Jim war das nur recht. Einmal mehr kam ihm sein Held Odysseus in den Sinn, dessen Frau ebenfalls Penelope geheißen hatte. Er streckte Mrs Power die Hand entgegen und stellte sich mit seinem Spitznamen vor.

»Ich heiße Lena«, fügte das Mädchen aus London hinzu.

»Für meine Kinder bin ich Penny«, sagte Mrs Power und strahlte über das ganze runde Gesicht.

Arthur schüttelte den Kopf, murmelte etwas Unverständliches und trat mit seinen Schimmeln die Flucht in Richtung Stall an.

Penny machte eine wegwerfende Handbewegung. »Lasst euch von Art nicht ins Bockshorn jagen. Er ist ein sturer alter Bock, der gerne mal mit den Hörnern um sich stößt, aber trotzdem bleibt er ein Schaf, das manchmal sogar lammfromm sein kann. Das werdet ihr schon noch merken. Und jetzt kommt erst mal herein und ruht euch aus. Wenn heute Abend der Vollmond aufgeht, wird Sir Alistair den diesjährigen Erzählreigen eröffnen und ihr beide gehört zu den vier Ehrengästen.«

Jim warf seiner neuen Freundin einen gequälten Blick zu. Die Rolle des Sonderlings behagte ihm gar nicht. In Clongowes und auf der O'Connell hatte er oft wüste Beschimpfungen und sogar Handgreiflichkeiten über sich ergehen lassen müssen, weil er seinen Mitschülern um Jahre voraus war. Er blieb lieber im Hintergrund.

Lena griff wieder nach seiner Hand, diesmal jedoch ganz sanft. »Wird schon schiefgehen.«

Penny Power zeigte ihnen zunächst die Räumlichkeiten, in denen sie die nächsten vier Wochen verbringen würden. Brendan Castle war alles andere als eine Luxusherberge. Die Jungen schliefen in einem Saal und die Mädchen in einem anderen. Weil Erstere in der Überzahl waren, standen sich die Betten in zwei Reihen mit den Fußenden gegenüber. Das Plumpsklo sah aus, als hätten es schon die Kreuzritter benutzt, und für die Körperpflege gab es im Hof einen umgebauten Stall. Zur Trennung der Geschlechter diente ein Vorhang aus blickdichtem Zelttuch. Jedes Abteil verfügte über eine lange Waschrinne, in die das aus dem Brunnen geförderte Wasser gegossen wurde. Es sei erfrischend kalt, betonte Penny und fügte eine ernste Warnung hinzu.

»Die jeweils andere Seite des Waschhauses ist für euch tabu. Sir Alistair hat mich mit der Beaufsichtigung der Mädchen betraut und Art wird mit Freuden jeden Jungen in die Folterkammer sperren, der seine Nase unter dem Vorhang hindurchzustecken versucht. Habe ich mich deutlich ausgedrückt?«

»Ja«, sagten Jim und Lena wie aus einem Mund.

Im weiteren Verlauf des Nachmittags machten sie sich mit der neuen Umgebung und den anderen Teilnehmern des Erzählreigens vertraut. Alle sprachen Englisch, was kaum verwunderlich ist, weil die mütterlicherseits aus Deutschland stammende Queen Victoria über ein Drittel der Weltbevölkerung herrschte. Auch Jims Bettnachbarn waren Deutsche: links Thomas aus Lübeck und rechts Hermann aus dem schwäbischen Calw. Jenseits des Mittelgangs, gewissermaßen ihm zu Füßen, schliefen zwei »Blaublüter«, wie Winnie über sich selbst scherzte – sein Großvater, der siebte Herzog von

Marlborough, gehörte dem englischen Hochadel an. Auch das irische Adelshaus Dunsany war vertreten – durch den vierzehnjährigen Ed, der einmal den Titel eines Barons würde tragen dürfen.

Nicht ohne Stolz nannten sich jene zehn, die Brendan Castle schon zum wiederholten Male besuchten, »Phantanauten«, die vier Neuankömmlinge wurden von ihnen als »Neophyten« bezeichnet. Über den tieferen Sinn dieser Worte wollten sie aber nichts verraten. Dies sei Lord Alistair vorbehalten.

»Habt ihr für ihn auch einen besonderen Namen?«, fragte Jim einen französischen Jungen namens Roger.

»Viele«, antwortete der. »Meistens nennen wir ihn den ›Navigator‹.«

Die Weltenbaumeister

Brendan Castle (Irland), 30. Mai 1893

Die Nacht hatte sich über das Land gesenkt, doch dunkel war es trotzdem nicht. Heller noch als der Sternenhimmel strahlte der Vollmond über dem See und entrollte auf dem Wasser einen Teppich aus silbernem Licht. Mit seinem lebhaften Funkeln weckte dieser Läufer den Wunsch, ihn zu betreten, auf ihm zu wandeln, über ihn hinweg in eine andere Welt zu gehen.

»Es wird Zeit«, sagte Lena. Sie stand neben Jim auf dem höchsten Turm der alten Festung.

Er füllte seine Lungen mit einem tiefen Atemzug und nickte.

»Woran denkst du?«, fragte sie.

»An das, was Mr Butler auf der Fahrt vom Bahnhof geantwortet hat, als ich ihn fragte, ob er uns dem Seeungeheuer zum Fraß vorwerfen will. Eins nach dem anderen, hat er gesagt. Hast du eine Ahnung, was er damit meinte?«

»Nein. Aber ich glaube nicht, dass Lord Alistair uns an das Monster verfüttern wird.«

Er sah sie erschrocken an.

Mit einem Mal musste sie lachen. »Glaubst du etwa an Seeschlangen? Jetzt komm, Jim. Vermutlich warten die anderen unten schon auf uns.«

Mit einem mulmigen Gefühl im Magen folgte er ihr über die schiefen Stufen einer Steintreppe ins Innere der Burg. Von beiden unbemerkt, jagte eine Sternschnuppe über den Himmel, und als habe sie die Luft über dem See aufgewirbelt, kräuselte eine Brise den silbernen Pfad aus Licht.

Kurz darauf nahmen sie als Letzte im quadratischen Wappensaal an einem großen, runden, mit Tafelsilber und chinesischem Porzellan gedeckten Tisch Platz. Alle anderen Phantanauten und Neophyten saßen bereits auf ihren Stühlen. Zahlreiche Kerzen sorgten für eine stimmungsvolle Beleuchtung. Lediglich ein zweifellos dem Herrn von Brendan Castle vorbehaltener Thron mit hoher Lehne und glänzendem, in Nachtblau und Gold gehaltenem Damastbezug war noch unbesetzt. Jims Aufmerksamkeit wurde von einem bronzefarbenen Ständer vor dem Teller des Lords angezogen. Obenauf befand sich eine mit blauem Samt ausgeschlagene Schale. Er fragte sich, welchem Zweck sie wohl diente.

Sein Blick kehrte zum eigenen Gedeck zurück. Rechts neben den Messern lag ein gelbliches, handbeschriebenes Blatt Papier. »Einführung für den Neophyten«, lautete die Überschrift. Ehe er sich in den Text vertiefen konnte, wurde dieser von einem livrierten Arm verdeckt. Zwei Diener hatten unter der Aufsicht des Butlers damit begonnen, die Speisen aufzutischen. Köstlich duftende Platten, Schüsseln und Terrinen wurden hereingetragen.

Jim wünschte sich, in der Zeit zurückwandern zu können, um einige der hier erzählten Geschichten zu hören. Etwas Besonderes erfüllte diesen Ort. An den schwarzbraunen Balken unter der hohen, holzgetäfelten Decke hingen bunte Banner und die steinernen Wände waren mit ebenso farbigen Schilden geschmückt. Auf einigen bemerkte er das Abbild eines Schiffes, das er schon von dem Einladungsschreiben des Lords kannte. In jeder Ecke des Saals stand eine mit Schwert oder Streitaxt bewaffnete Ritterrüstung.

Mit einem Mal wurde es still im Raum. Arthur und die anderen Diener hatten sich zurückgezogen. Jim staunte über die Vielfalt der von ihnen aufgetischten Speisen. Es gab Deftiges und Süßes, Exotisches und Vertrautes: Truthahn-, Gänse- und Lammbraten, allerlei Pasteten, verschiedenste Meeres- und Feldfrüchte, Obstsorten, die er nie zuvor gesehen hatte, und Kristallkaraffen mit Säften in überraschenden Farben. Ihm lief das Wasser im Mund zusammen. Während er sich noch darüber den Kopf zerbrach, bei welcher Köstlichkeit er als Erstes zulangen sollte, schabten plötzlich

Stuhlbeine über den Steinboden. Die Jungen und Mädchen hatten sich von ihren Sitzen erhoben. Das Geräusch brachte Jim in die Wirklichkeit zurück.

Er folgte dem Beispiel der anderen mit einiger Verspätung, stieß dabei einen – glücklicherweise leeren – Glaskelch um, richtete diesen hastig wieder auf und blickte verlegen zu dem betagten Mann, der mit einem Mal vor dem Thron stand, als sei er dort aus dem Nichts erschienen.

Der Navigator.

Lord Seanan Alistair trug einen schwarzen Gehrock, ein schneeweißes Hemd und anstelle einer Krawatte ein dunkelblaues Seidentuch mit einem goldgefassten Saphir. Eher belustigt als erzürnt, hatte er gewartet, bis ihm die ungeteilte Aufmerksamkeit aller gehörte.

»Herzlich willkommen, liebe Neophyten, und willkommen auch, ihr Phantanauten!«, empfing er feierlich die Anwesenden mit einer kräftigen, vollen Stimme. Die tiefblauen Augen unter seinen buschigen grauen Brauen begrüßten zuerst die vier Neuen, dann die übrigen Jungen und Mädchen.

Der Lord war eine beeindruckende Erscheinung, wohl an die zwei Meter groß und breitschultrig wie ein Recke aus vergangener Zeit. Sein üppiges, weißes Haar reichte ihm bis weit über den Kragen. Das Gesicht war breit und gutmütig, mancherlei Furchen und Riefen hatte das Leben darin eingegraben. Sein Schnurrbart glich einer Bürste zur Reinigung der Sprache von unachtsamen Worten.

Es stand jedoch kaum zu befürchten, dass der Lord sich zu sinnlosem Geplapper würde hinreißen lassen. Alles, was er sagte und mit den bedächtigen Gesten seiner großen Hände unterstrich, klang wohldurchdacht und so unverrückbar wie ein ehernes Gesetz. Der Großteil seiner Begrüßungsrede galt den Neulingen.

»Der Zirkel der Phantanauten ist so alt wie die Sagen von König Artus und seiner Tafelrunde«, erklärte er. »Ihr sitzt hier an ebenjenem Tisch, der Artus' Kreis von edlen Rittern einst den Namen gab. Der Reinste von allen Recken in Camelot, so berichtet die Legende, sei Lancelots Sohn Galahad gewesen.«

Der Lord ließ seinen Blick von einem Neophyten zum anderen wandern, ehe er hinzufügte: »Aber das ist so nicht richtig.«

»Oh!«, stieß ein spanischer Junge aus, der Jim und Lena als Juan vorgestellt worden war.

Sir Alistair nickte bedeutungsvoll. »Galahad war ausgezogen, den Heiligen Gral zu finden, nach der Legende ein Kelch, der das Blut Christi aufgefangen hatte. Am Loch Riach

– dem ›Grauen See‹ – entdeckte der Ritter ein ganz anderes Gefäß: das Phantalabium. Euch vier Neophyten ist je eines seiner insgesamt fünfundzwanzig Stücke davon zugefallen. Ehe wir nun fortfahren, wollen wir es, wie es seit alters Brauch ist, zusammensetzen und damit unsere Zugehörigkeit zum Zirkel der Phantanauten beweisen.«

»Geht das denn überhaupt, wenn so viele Stücke fehlen?«, wunderte sich Jim.

»Sei versichert, es funktioniert«, antwortete der Navigator, zog eines der bronzefarbenen Teile aus der Innentasche seiner Jacke und legte es unten in die mit Samt ausgeschlagene Schale. »Dieses Element macht es möglich. Wir nennen es die ›Basis‹. Es ist das einzige Teil, das ein Erwachsener besitzen darf, der Navigator oder ›Erste Phantanaut‹ nämlich, dessen Herz auf alle Zeit das eines Kindes bleibt. Mir obliegt es, unseren Zirkel zusammenzuhalten – deshalb nennt man mich auch den ›Hüter der Basis‹. Jedes andere Teil des Phantalabiums kann sich mit meinem verbinden. Ganz gleich, ob sich wenige oder viele Elemente vereinen, alle bilden immer ein stabiles Ganzes. Doch genug der Erklärungen, überzeuge dich selbst.«

Er nickte dem links von ihm sitzenden Phantanauten zu, worauf dieser sich erhob und sein Bronzestück dem Navigator übergab. Hierauf erhoben sich im Uhrzeigersinn auch die übrigen Jungen und Mädchen, um ihm ihr persönliches Teil auszuhändigen. Er setzte die Elemente zusammen, ohne ein einziges Mal zu überlegen oder herumzuprobieren. Bald kamen auch Jim und die anderen Neophyten an die Reihe. Schließlich lag vor dem Lord eine Kugel, in der mehrere Löcher klafften, die aber nichtsdestotrotz fest zusammenhielt.

»Danke. Damit haben sich alle Anwesenden als Verbundene des Zirkels zu erkennen gegeben«, fuhr Sir Alistair fort. »In diesem Jahr haben sechs Phantanauten die lange und beschwerliche Anreise nicht antreten können. Vier weitere Teile des Phantalabiums, die ihre früheren Besitzer in die Quelle der Erleuchtung geworfen haben, bleiben nach wie vor verschollen. Wir hoffen, dass sie schon bald würdigen Nachfolgern zufallen werden, und freuen uns zugleich über das Quartett neuer Auserwählter, die sich heute zum ersten Mal unter uns befinden. Als da sind: Adeline Virginia Stephen aus London, England; Sigrid Undset aus Christiania in Norwegen; Juan Ramón Jiménez aus Huelva im spanischen Andalusien und James Augustine Aloysius Joyce aus Dublin, hier in Irland.«

Die zehn Phantanauten klatschten Beifall.

»Ich verstehe nur Bahnhof«, murrte Jim. Er meinte, im Applaus würde seine Unmutsäußerung untergehen, doch Lord Alistairs wachsame Augen hatte offenbar seine Lippenbewegungen gesehen. Nachdem wieder Ruhe eingekehrt war, richtete er das Wort direkt an den Jungen.

»Unserem Tagträumer liegt offenbar etwas auf dem Herzen. Unter Erzählern wie uns ist es üblich, sein Innerstes nach außen zu kehren. Lass uns bitte hören, was dich bewegt, James.«

»Mir … äh …«, stammelte Jim. Sein Gesicht fühlte sich mit einem Mal rot glühend an und er wünschte sich, unsichtbar zu werden. Da diesbezüglich wenig Aussicht auf Erfolg bestand, antwortete er: »Ich verstehe das alles nicht. Was genau sind die Phantanauten?«

Der Lord breitete die Hände aus. »Wir sind die Weltenbaumeister, auch Weltenschöpfer genannt.«

Jim blinzelte verwirrt. »Welten-*schöpfer*?«

An der runden Tafel wurde eifrig genickt.

»Hättest du die ›Einführung für den Neophyten‹ gelesen«, erklärte Sir Alistair geduldig, »dann wärst du jetzt weniger überrascht. Wir trotzen mit unserer Phantasie dem Meer der Träume Neuland ab oder entdecken darin lange verlorene Inseln wieder. Ihr vier Debütanten, die wir Neophyten nennen, werdet dazu bald ebenfalls Gelegenheit erhalten. Erst wenn ihr eine neue Welt erschaffen habt und uns von dort etwas mitbringt, könnt ihr in den Zirkel der Phantanauten aufgenommen werden.«

Jim wechselte einen unbehaglichen Blick mit Lena, bevor er wieder das Wort an den Lord richtete. »Wie kann man aus einer Phantasiewelt etwas mitbringen? Sie existiert doch nur im Kopf.«

»Kaum ausgedacht, schon wahr gemacht«, sagte ein vorwitziger schmächtiger Bursche mit kakaobrauner Haut.

Der Alte lächelte nachsichtig. »Ngugi hat recht. Alles Menschengeschaffene hat im Kopf seinen Anfang genommen. Je liebevoller und genauer ein Phantasiereich ausgestaltet ist, desto stärker wird es die ›Welt der Sinne‹ – die Wirklichkeit der Menschheit im Allgemeinen – verändern, oft zum Besseren, manchmal leider auch zum Schlechteren. Nach dem Kodex der Phantanauten wollen wir die Welt mit unserer Phantasie bereichern. Unser Gründervater hat dieses Regelwerk verfasst, nachdem er selbst beinahe großes Unglück über die Welt gebracht hätte. Du weißt, von wem ich spreche?«

Jim musste spontan an Galahad denken. Aber um sich nicht schon wieder zu blamieren, zuckte er nur mit den Schultern.

»Kennst du das Wappen von Loughrea?«, fragte der Lord.

»Ja, Sir«, antwortete Jim. Er hatte in den Wochen vor der Reise viel über den Ort gelesen. »Es zeigt unter einem roten Kreuz abwechselnd blaue und weiße Wellenlinien und über allem ein gelbes Segelschiff.«

»Sehr gut«, lobte Sir Alistair. »Aber warum nimmt ein Dorf, das im Mittelalter eine Tagesreise vom Meer entfernt liegt, ausgerechnet ein Schiff in sein Wappen auf? Hast du dich das schon gefragt?«

»Ehrlich gesagt, nein.«

»Erkläre du es ihm, Ed«, bat der Lord einen siebzehnjährigen Jungen aus den Vereinigten Staaten von Amerika.

Edgar Rice Burroughs, wie er mit vollständigem Namen hieß, antwortete: »Die Wellen stehen für das Meer der Träume, das rote Kreuz stammt von Galahads Wappenschild und das Schiff deutet auf den heiligen Brendan hin. Er rief den Zirkel der Phantanauten ins Leben, nachdem er mit seinen Gefährten *Tír na n-Oc* entdeckt hatte, die ›Insel der Gesegneten‹, die man auch ›Land der ewigen Jugend‹ nennt.«

Jim kannte die Namen der irischen Heiligen. Diese den Schülern ins Gedächtnis zu meißeln, war den Jesuiten von Clongowes mindestens so wichtig gewesen wie das Lernen des kleinen Einmaleins. Trotzdem schwante ihm erst jetzt, nach wem die alte Festung benannt war. »Redest du etwa von St Brendan of Clonfert? Dem Seefahrer?«

»Ganz richtig«, antwortete Lord Alistair anstelle des Jungen. »In der lateinischen Sprache, die zu seinen Lebzeiten unter Kirchenleuten verbreitet war, wurde ein Schiffer *navigator* genannt. Sein Beiname lebt im Titel des Ersten Phantanauten fort. Die Kirche hat Brendan heiliggesprochen und alles aus seiner Lebensgeschichte entfernt, was an die Weltenbaumeister erinnert. In Wirklichkeit ist die *Navigatio Sancti Brendani* – die Legende von der ›Reise des heiligen Brendan‹ – eine Seefahrt auf dem Meer der Träume gewesen. Um sich dort nicht zu verirren, hat er das Phantalabium gebaut. Nach ihm nennen wir es auch ›Brendans Sphäre‹, weil es wie das Himmelsgewölbe geformt ist und gleichsam wie dieses alle Reiche der Phantasie vereint. Auch *Tír na n-Oc,* die ›Insel der Gesegneten‹, hat er geschaffen. Wer den Bericht über die von ihm gesichteten Seeungetüme und seine anderen phantastischen Abenteuer mit wachem Verstand liest, kann sich der Wahrheit kaum verschließen: Brendan war ein Phantanaut und Loch Riach der Ausgangspunkt seiner siebenjährigen Reise. Seit seiner Rückkehr lebt hier ein Seeungeheuer. Es war ihm so dicht auf den Fersen, dass er es versehentlich in unsere Welt herübergelockt hat.«

Ngugi nickte nachdrücklich und wiederholte: »Kaum ausgedacht, schon wahr gemacht.«

»Unsere Träume sind ein Echo der Phantasie, James«, bekräftigte der Lord. »Nirgends ist sie reiner und ihre Schaffenskraft größer. Deshalb muss jeder Neophyt eine Nacht in der ›Kammer der Weltenschöpfer‹ verbringen und im Schlaf ein neues Reich entdecken. Anschließend verfahren wir nach unserem Motto. Es lautet: ›Nur, wer seinen Träumen folgt, verändert die Welt.‹«

»Meinen Träumen folgen? Wie soll das gehen?«

»Indem du im Grauen See untertauchst.«

»Sie wollen sich über mich lustig machen, Sir.«

»Keineswegs, James. Alle Welten, die je von der Phantasie erschaffen wurden, sind durch das Meer der Träume miteinander verbunden, so wie die Inseln und Kontinente unserer Welt durch die Ozeane. An einigen Stellen auf der Erde dringt gelegentlich das Wasser des Traummeeres an die Oberfläche. Wir sprechen dann von einer ›Quelle der Erleuchtung‹. Loch Riach ist einer dieser geheimnisvollen Orte.«

Jim senkte den Blick auf seinen Teller und schüttelte ungläubig den Kopf. Offen zu widersprechen wagte er nicht – seine bisherigen Lehrer hatten dergleichen allzu oft streng bestraft. Aber es bedurfte auch keiner Worte, um den Navigator aufmerken zu lassen.

»Ich sehe, du zweifelst?« Der Lord nickte lächelnd. »Das ist gut. Nur, wer seine Überzeugungen hinterfragt, kann am Ende stärker werden. Ich denke, wir werden mit dir den Anfang machen, James. Du wirst in diesem Jahr der erste Weltenbaumeister sein.«

Der Aufbruch

Brendan Castle (Irland), 31. Mai 1893

Loch Riach schien zu brennen. Im Osten ging gerade die Sonne auf und ihr Licht brach sich millionenfach auf den leicht bewegten Wassern der Sees. Jim stand unterhalb von Brendan Castle am Ufer, ohne Schuhe, dafür aber mit einer um die Taille geschlungenen Rettungsleine. Ansonsten trug er seine normale Straßenkleidung. Es war empfindlich kühl. Ab und zu schwappte eine kleine Welle über seine nackten Füße. Das Wasser war kalt und er verspürte nicht die geringste Lust, sich hineinzubegeben, um darin unterzutauchen. Also zögerte er.

Hinter ihm warteten im Halbkreis der Lord, die Phantanauten und die Neophyten. Darunter auch Lena. Vermutlich hielten ihn alle für einen Feigling. Aber das war ihm egal. Finster starrte er auf die glitzernden Fluten und hoffte auf ein

Wunder. Über sich hörte er die heiseren Schreie von Möwen und hinter sich die tiefe Stimme des Lords.

»Geh nur, James. Wir haben dich am Seil. Es kann dir nichts geschehen.«

»Und das Seeungeheuer?«, fragte er lahm.

»Das tut nichts.«

»Wenn Hundebesitzer so etwas sagen, beißen ihre Kläffer meistens trotzdem.«

»Jascon ist völlig harmlos.«

»Und warum ist Brendan vor dem Ungetüm geflohen?«

»Weil es aus lauter Einsamkeit ziemlich aufdringlich war. Es wünschte nichts sehnlicher, als dass er auf seinem Rücken wohnte wie auf einer Insel. Um dem anhänglichen Monster zu entkommen, musste er sich davonstehlen. Als es seine Flucht bemerkte, hat es ihn verfolgt. Bis hierher. Aber keine Sorge, es wird dich kaum mit ihm verwechseln.«

»Und das soll ich Ihnen glauben?«

»Jetzt vergiss mal die alberne Seeschlange und konzentriere dich auf deine Phantasiewelt. Je fester du daran denkst, desto schneller wirst du hinübergelangen.«

Jim machte einen Schritt vorwärts. Kaltes Wasser umspülte seine Knöchel. Mit den Zehen ertastete er Sand und runde Steine. Er war nicht gerade darauf erpicht, nach Rád zu kommen. So hieß die Welt, die er vor ein paar Stunden im Schlaf dem Meer der Träume abgetrotzt hatte. Sie war alles andere als ein Schlaraffenland.

In Rád gab es nur Nacht. Keine Sonne, nur ein seltsamer Mond strahlte vom Himmel, so unstet wie ein Spiegelbild im Wasser. Im fahlen Licht hatte Jim allerlei fremde Pflanzen und Tiere entdeckt. Und den unheimlichen, schwarzen Tränenpalast. Er thronte über einer steilen Klippe und sah aus wie ein Heißluftballon oder eben wie eine riesige, auf dem Kopf stehende Träne aus Teer. Von dem Gebäude ging etwas Bedrohliches aus, als berge es ein schreckliches Geheimnis. Jim konnte dies nur ahnen, da er den Palast nur von außen gesehen hatte. Schweißgebadet war er aufgewacht, weil ihm der Traum so beklemmend echt vorkam.

»Niemand wird gezwungen, in den Zirkel der Phantanauten einzutreten. Du kannst sofort umkehren«, sagte der Lord, meinte aber wohl etwas ganz anderes.

Jim jedenfalls fühlte sich an seiner Ehre gepackt und watete tiefer ins Wasser, inständig hoffend, keinem angriffslustigen Krebs in die Quere zu geraten. Bald verschwanden seine Beine im kalten Nass, dann ging es ihm bis zur Brust und schließlich ragte nur noch sein Kopf heraus. Unter den Fußsohlen fühlte er eine Kante, so als stehe er ganz vorne auf einer Treppenstufe. Vermutlich würde er beim nächsten Schritt den Boden unter den Füßen verlieren.

Bang blickte er sich um. Hinter ihm trieb die Rettungsleine, die man ihm um den Leib gebunden hatte; Korkschwimmer hinderten sie am Untergehen. Am Ufer wurde sie von vier älteren Jungen gehalten.

Der Lord winkte ihm zu. »Hole noch einmal Luft und dann gute Reise.«

»Ach, was soll's«, murmelte Jim. Das Wasser stand ihm ohnehin schon bis zum Hals. Jetzt konnte er auch ganz untertauchen. Er nahm seine Brille ab und steckte sie in die Hosentasche. Dann schöpfte er tief Atem, machte einen Schritt vorwärts – und wurde überrascht.

Normalerweise verhindert die im Körper gespeicherte Luft, dass ein Mensch im Wasser sofort untergeht. Im Loch Riach schien jemand dieses Naturgesetz außer Kraft gesetzt zu haben. Wie ein Stein sackte Jim in die dunkle Tiefe!

Vergeblich kämpfte er mit den Armen und Beinen gegen das Absinken an. Ohne die Rettungsleine wäre er zweifellos in Panik geraten, jeden Moment musste sie sich spannen. Unwillkürlich pflügte wieder das Seeungetüm durch seine Gedanken: Vielleicht wurde er nach unten gezogen, weil es den Rachen aufgerissen hatte und der Sog …

Dummkopf!, schalt er sich. Lebendige Inseln gibt es nicht. Sie sind nur Hirngespinste von Leuten, die andere Leute beeindrucken wollen.

Das Tiefersinken wollte gar kein Ende nehmen. Jims Vertrauen in die Sicherheitsleine schwand dahin wie die Bläschen, die ihm aus der Nase stiegen. Warum holten die Jungen ihn nicht endlich zurück? Er bekam es mit der Angst zu tun, beschloss, an dem Tau zu ziehen, um sich den Phantanauten bemerkbar zu machen, griff mit der Hand hinter sich, suchte nach dem Strick, fand ihn aber nicht.

Die Leine war verschwunden.

Plötzlich sah Jim unter sich ein Licht.

Er begann wild zu strampeln, sank jedoch weiter. Seine Lungen lechzten nach Atemluft. Der Brustkorb fühlte sich an, als sei er in einen Schraubstock eingespannt, während er immer tiefer nach unten …

Mit einem Mal stockten Jims Gedanken. Ihm war gerade eine irrwitzige Idee gekommen. Dem Gefühl nach tauchte er nämlich nicht in die Tiefe, sondern an die *Oberfläche*. Für eine Rückkehr ist es ohnehin zu spät, machte er sich klar, drehte sich um und streckte seine Hände dem Licht entgegen.

Der bittere See

Quelle der Erleuchtung (Rád), 1. Tag

Jim riss gierig den Mund auf, kaum dass sein Kopf an die Oberfläche gekommen war. Vogelgezwitscher und die Schreie anderer Tiere drangen an sein Ohr. Was war geschehen? Loch Riach hatte ihn doch nach unten gezogen. Wie konnte er am Grund des Sees plötzlich wieder auftauchen? Keuchend rang er nach Luft. Wasser rann ihm übers Gesicht. Als er sich mit der Zungenspitze über die Lippen fuhr, schmeckte es zunächst gallebitter, dann wurde die Zunge pelzig und schließlich sogar taub, wie abgestorben.

Wassertretend und mit den Armen rudernd, blickte er sich um, vermochte aber nichts zu erkennen. Ohne Brille sah er kaum besser als ein Maulwurf und außerdem brannten seine Augen wie verrückt. Er schien in einem See aus flüssigem Mondlicht zu schwimmen. Am Ufer, jenseits des silbrigen

Strahlens, nahm er nur einen verschwommenen Mischmasch wahr, so als hätte ein Maler unentschlossen blasse Farben auf eine Leinwand gespritzt. Er wünschte sich, Lena wäre jetzt an seiner Seite, so wie am vergangenen Abend auf dem alten Burgfried von Brendan Castle …!

Seine Erinnerungen gerieten ins Stocken. Wo war er eigentlich? Etwa in Rád, der Welt seiner Phantasie? Nein. Was da im Kodex der Phantanauten über die Ophiuchiden stand, war doch nur ein Märchen. Wie konnte ein Meteoritenschauer irgendeine Quelle öffnen, die sich aus dem Meer der Träume speiste …?

Ein leises Plätschern ließ Jim aufhorchen. War da nicht eben am Rande seines Gesichtsfeldes ein Schemen vorbeigehuscht? Er versuchte, sich das Wasser aus den Augen zu wischen, stellte aber überrascht fest, dass er Kettenhandschuhe trug. Staunend fasste er sich an die Brust. Sie war mit einem Harnisch bedeckt. Wie bei einem Ritter. Sonderbar war nur, dass ihn die Rüstung nicht in die Tiefe zog.

Etwa weil hier unten oben ist?, fragte er sich. Und weil ich schon ganz unten bin?

Er wandte sich der Stelle zu, von wo das Plätschern gekommen war, und lauschte. Vielleicht hauste die Seeschlange in Wirklichkeit hier? Dem eben vernommenen Geräusch nach konnte sie allerdings nicht größer sein als ein junger Aal. Vermutlich sogar nur ein Traumaal, beruhigte sich Jim.

Ja, so musste es sein. Er hatte nur angenommen, die letzte

Nacht sei vorübergegangen. Dieser tiefe Schlaf in der karg eingerichteten Kammer der Weltenbaumeister – deren Himmelbett allerdings im wahrsten Sinne des Wortes traumhaft weich, duftend und behaglich gewesen war – dauerte in Wirklichkeit noch an. Der spätere Abschied von Lena am Seeufer, das Hineinwaten ins Wasser mit einem Strick um den Leib und das beunruhigend rasche Versinken – das alles war nur Einbildung. Ein phantasievoller Traum …

Abermals vernahm Jim ein Plätschern und diesmal sah er auch etwas: erfreulicherweise kein Seeungetüm, auch keinen Aal, sondern nur einen kleinen, leuchtend rot-gelben Fisch. Er war aus dem Wasser gesprungen, flog in einem flachen Bogen durch die Luft und tauchte mit einem Plumps wieder unter.

Das Brennen in den Augen verschwand allmählich und der Maler schickte sich an, in die fließenden Farben Umrisse zu zeichnen. Jim tastete nach der Brille in seiner Hosentasche, fühlte aber nur weitere Panzerplatten. Panisch strampelte er stärker, weil er sich mit einem Mal hilflos vorkam, blind wie ein Regenwurm.

Doch das stimmte nicht!

Sein Sehvermögen besserte sich sogar von Augenblick zu Augenblick. Irgendetwas geschah mit ihm. Was ist das für eine Welt, wunderte er sich, die einen Kurzsichtigen wieder sehend macht? Er blickte sich um.

Jim schwamm in einem runden See, der viel kleiner war als

Loch Riach; mühelos hätte man einen Pfeil darüber hinwegschießen können. In der näheren Umgebung wucherten hohes Gras, Büsche und Bäume. Mehr als ein Viertel des schilfbestandenen Ufers wurde von einem steil aufragenden Felsen eingenommen …

»Ie i eie Au«, lallte Jim. Eigentlich hatte er »Wie in meinem Traum« sagen wollen, aber die vom bitteren Wasser betäubte Zunge gehorchte ihm nicht.

Er befand sich tatsächlich in Rád.

Sein Blick erklomm die Klippe. Sie schien kein Ende nehmen zu wollen. Wie ein gigantisches Schilfrohr beugte sie sich über den See. Erst als er den Kopf weit in den Nacken legte und geradewegs nach oben sah, entdeckte er vor dem wabernden Kreis des Mondes den schwarz schimmernden Tränenpalast oder welchen Namen auch immer man hier dem umgedrehten Tropfen gegeben …

Wieder wurden Jims Gedanken von dem bunten Fisch gestört. Zum dritten Mal sprang er genau an derselben Stelle wie vorher aus dem strahlenden See, wiederholte exakt den flachen Bogen durch die Luft, um nach einer präzisen Ziellandung sofort wieder unterzutauchen. Jim dämmerte, was er im Traum der vergangenen Nacht nur erahnt hatte.

Alles wiederholte sich hier.

Jetzt, da er bewusst darauf achtete, konnte er es nicht länger leugnen. Ob es die Schreie der Tiere am Ufer waren, die Bewegungen der Bäume im Wind oder der kleine rot-gelbe

Fisch – Rád folgte einem geheimnisvollen Rhythmus, so als sei dieses Phantasiereich ein kolossales Uhrwerk, ein riesiger Aufziehapparat, der mechanisch sein Programm abspulte, eine Leierkastenwelt, die immerfort dasselbe Lied spielte.

Ein unbestimmtes Gefühl ließ Jim nach unten schauen. Irgendwie hoffte er, dort die Sonne über Loch Riach zu erblicken, möglicherweise auch die Köpfe von Lord Alistair, Lena und den Phantanauten, die nach ihm Ausschau hielten. Stattdessen sah er sein eigenes Antlitz wie in einem flüssigen Spiegel …

Erneut sprang das Fischlein von der Stelle auf, die ihm in dieser gigantischen Spieldose zugedacht war, aber diesmal geschah etwas Unerwartetes. Ein Tropfen, wohl vom Tränenpalast herabgefallen, traf sich in der Luft zischend mit dem Tier. Mitten im Flug drehte es sich auf die Seite und platschte ins Wasser. Für einen Moment wurde das flüssige Licht schwächer, so als wolle es verlöschen, und der See flackerte wie eine Kerzenflamme im Wind.

Jim starrte erschrocken auf den Fisch, der nicht wie zuvor untergetaucht war, sondern mit bleichem Bauch nach oben im Wasser schwamm. Sein Staunen verwandelte sich jäh in Furcht. Er riss den Kopf zurück und blickte zu dem monströsen Palast hinauf. Was wurde da oben zusammengebraut, dass ein einziger Tropfen den Fisch hatte töten können? Das Zeug musste höllisch giftig sein, wenn so kleine Mengen davon in einem ganzen See aufgelöst seine Zunge lahmlegen konnten.

Wollte er nicht wie das arme Fischlein zu Tode getropft werden, dann musste er schleunigst aus dem Schatten des Palastes fliehen.

Ehe er den Entschluss in die Tat umsetzen konnte, fiel direkt vor ihm ein weiterer Tropfen ins Wasser. Er war schwarz wie Tinte und zog im Tiefersinken Schlieren hinter sich her. Abermals flackerte der See.

Entsetzt wich Jim zurück. Er war kein sonderlich guter Schwimmer, aber das spielte hier auch keine Rolle. Trotz Rüstung konnte er bemerkenswert elegant durch die leuchtenden Fluten kraulen und watete wenig später aufs Ufer zu. Als das Wasser nur noch knöcheltief war, wurde er langsamer und blieb schließlich ganz stehen.

Irgendwas stimmte nicht mit ihm. Aber was? Er war kaum außer Atem. Erstaunlich, dachte er. Nein, es war sogar erfreulich. Doch weder diese neue Ausdauer noch das merkwürdige Verschwinden der Kurzsichtigkeit erklärte, warum sich sein *ganzer* Körper mit einem Mal so anders anfühlte.

Mittlerweile hatte sich das Wasser um ihn herum beruhigt. Es war dadurch nicht etwa klar geworden, sondern glänzte wie flüssiges Quecksilber. Er konnte jetzt auf der Oberfläche deutlich sein Spiegelbild sehen und erschrak. Nicht weil er tatsächlich eine polierte Rüstung trug: Kettenhemd und -handschuhe, Arm- und Beinschienen, Brustharnisch und sogar ein langes Schwert waren vorhanden; seine Füße steckten, wie er nach Anheben eines Beins feststellen konnte, in gepanzerten Schuhen. Sich in einen strahlenden Ritter verwandelt zu haben, empfand Jim nicht unbedingt als Nachteil, doch da gab es noch eine andere Veränderung, die ihn, obwohl nicht unwillkommen, durchaus ängstigte.

Er war älter geworden.

Zumindest äußerlich. Schon lange hatte er sich in einem viel zu kindlichen Körper eingepfercht gefühlt. Nun passten sein Inneres und sein Äußeres mit einem Mal zusammen. Er sah aus wie sechzehn und fühlte sich auch so.

Benommen stolperte er an Land. Triefnass, wie er war, sehnte er sich nach ein paar wärmenden Sonnenstrahlen. Unwillkürlich richtete er den Blick nach oben, wo bleich und kalt ... Er stutzte. Was war das? Der Mond sah aus wie eine chinesische Silbermünze.

Er hatte in der Mitte ein Loch.

Jim schüttelte benommen den Kopf. Eben, beim Wassertreten, musste ihm dieser Makel entgangen sein, weil ihm der Tränenpalast die Sicht versperrt hatte. Ihm wurde schwindelig. Rasch richtete er die Augen nach unten auf das noch ungewohnte Spiegelbild. »I ui Alla-aad uer Uaggellooo«, versuchte er abermals seinem Staunen Ausdruck zu verleihen, aber das gedachte »Ich bin Galahad, der makellose Ritter« wurde von seiner Zunge zu Gehacktem verarbeitet ...

Schon riss Jims Gedankenfaden abermals ab, weil eine neue Entdeckung seine Aufmerksamkeit beanspruchte. Er hatte gerade auf dem polierten Brustpanzer kleine matte Flecken bemerkt, die rasch größer wurden. War das Seewasser etwa durch die schwarzen Tropfen zu Säure geworden, die ätzte …?

Ein kurzes Fiepen ließ Jim herumfahren. Seine Augen suchten hektisch die Umgebung ab. Nur fünf oder sechs Schritte von ihm entfernt raschelte ein Busch. Immer aufgeregter stocherte sein Blick in dem Blattwerk. Wer konnte schon wissen, welche Gefahren da auf ihn lauerten? Mit einem Mal entdeckte er auf dem Boden, halb unter Zweigen versteckt, den Verursacher des Geräuschs.

Es war eine Maus. Sie hing zwischen den Krallen einer Katze mit gestreiftem, räudigem Fell, die so groß war wie ein Foxterrier. Der Nager bewegte sich nicht mehr – er hatte wohl gerade seinen letzten Atemzug getan.

Einen Moment lang begegneten sich die Blicke des Jungen und der Katze. Jim hatte das seltsame Gefühl, sein triefender Auftritt amüsiere das Tier. Dann drehte es sich um und tippelte mit seiner Beute davon.

»Hallll«, lallte er. So unansehnlich der Mäusejäger auch sein mochte, kam er ihm doch irgendwie besonders vor. Sein Blick kehrte zu dem Busch zurück. Er wartete einen Moment, doch nichts geschah. Weder die Maus noch die Katze tauchten wieder auf, um das Drama von Leben und Tod erneut aufzuführen.

Offenbar galten die Naturgesetze der Leierkastenwelt nicht für alle Geschöpfe, die hier lebten.

Er entsann sich der Worte Bruder Wisharts: *Manche Dinge ändern sich nie, und das ist gut so.* Aus bitterer Erfahrung wusste Jim um die Bürde ewiger Wiederholungen, die den Menschen oft Unglück brachten. Er hatte erlebt, wie aus fröhlichen Kindern gemeine Verräter wurden, weil sie dadurch den Prügeln der Lehrer zu entgehen hofften. Und ihm war von seinen Eltern erzählt worden, wie in der *Great Famine* – der großen Hungersnot von 1845 und den Folgejahren – die Raffgier der Landlords sowie die Überheblichkeit der englischen Regierenden anderthalb Millionen Iren das Leben gekostet hatten, obwohl diese Menschen mit ein paar Gesetzesänderungen hätten gerettet werden können.

Schon oft hatte er sich gefragt, wie man solche Teufelskreise durchbrechen konnte. Der Mäusejäger hier schien es jedenfalls irgendwie geschafft zu haben. Wenn ich ihn beobachte, überlegte sich Jim, kann ich vielleicht etwas Nützliches lernen …

Darüber vergaß er, dass er sich eben noch in einem Traum gewähnt hatte, und stapfte der Katze hinterher.

Der bittere See lag in einer Senke. In welcher Richtung man ihn auch hinter sich lassen wollte, man musste zunächst bergauf steigen. Jim tat sich damit anfangs ziemlich schwer und kam nur langsam voran, weil der Boden von dichtem Gestrüpp überwuchert und die Rüstung beim Gehen eher hinderlich war. Ständig verfingen sich seine Panzerschuhe oder die Beinschienen in Ästen und Schlingwurzeln, welche im fahlen Licht des unsteten Mondes eher grau als grün aussahen. Nach einer Weile stieß er auf einen Trampelpfad, dem er weiter hangaufwärts folgte. Nach kaum mehr als einer halben Meile erhob sich vor ihm eine Wand aus Laubbäumen.

Und davor stand eine Hütte.

Also gab es nicht nur Tiere in Rád, machte sich Jim klar. Sein Herz fing heftig an zu schlagen, während er sich der sonderbaren Behausung näherte.

Das Wort »Haus« hielt er in diesem Fall für unangebracht. Eher handelte es sich um eine auf Stelzen errichtete Kate, deren windschiefe Holzwände wohl nicht mehr als eine einzige Kammer umschlossen. Eine morsch anmutende Holztreppe führte zur Tür hinauf. Wer immer dahinter wohnte, er schien von rechten Winkeln nicht viel zu halten. Durch ein Fenster und zahlreiche Ritzen drang Licht heraus. Von der Katze fehlte jede Spur.

Als Jim sich der Hütte bis auf etwa zwanzig Schritte genähert hatte, flog plötzlich die Tür auf. Aus der Öffnung, die eher einem Rhombus als einem Rechteck glich, flutete ein gelbes Strahlen. Und mittendrin stand, dem schrägen Durchlass in der Haltung perfekt angepasst, ein Scherenschnitt. So zumindest sah die Gestalt aus, die wie aus dem Licht herausgestanzt in ihrer Schwärze ziemlich unheimlich wirkte. Ein langer Schatten fiel über die Treppe ins Freie.

Bei genauerer Betrachtung war der Katenbewohner allerdings gar nicht so Furcht einflößend. Ganz im Gegenteil. Die Pfähle unter der Hütte ließen ihn größer erscheinen, als er in Wirklichkeit war. Zog man ihre Höhe von seinem Scheitelmaß ab, dann blieb ein hutzeliger Zwerg übrig.

»Horch, was kommt von draußen rein?«, rief dieser herausfordernd mit knarziger Stimme. Geradezu kampfesmutig stand er da: breitbeinig und die Fäuste in die Seiten gestemmt.

»Ein Ridder in schäbiger Rüsdung«, antwortete Jim mit fester Stimme. Seine Zunge funktionierte fast schon wieder normal, wenngleich die Worte in seinen Ohren fremd klangen. War das noch seine Muttersprache oder eine ganz andere, die ihm das Wasser aus dem Meer der Träume zusammen mit einem neuen Körper geschenkt hatte?

Während er noch darüber nachgrübelte, näherte er sich weiter der Hütte. Die seltsame Begrüßung des Wichts kam Jim wie ein Spiel vor. Obgleich er diese bizarre Welt womöglich im Traum erschaffen hatte, fühlte er sich nicht als ihr Herr, sondern nur als ihr Besucher. Da war es wohl angebracht, sich zunächst einmal höflich vorzustellen.

Den Bewohner der Hütte schien angesichts des forschen Recken mit dem langen Schwert jäh der Mut zu verlassen. Rasch trat er einen Schritt zurück. »Schickt dich Perpeto, um mir die Stelzen abzuholzen?«

»Ich kenne niemanden mit diesem Namen«, antwortete Jim. Und ging weiter.

»Wer bist du dann?«

»Jim. Und wie heißt du?«

»Morio.« Zwischen dessen Beinen erschien unvermittelt der Mäusejäger mit dem zerrupften Fell. Der Wicht deutete mit einem knubbeligen Zeigefinger nach unten. »Und das da ist meine Katze Morika.«

Weil Morio und sein Haustier nun im Licht standen, waren sie besser zu erkennen. Über den Mäuseschreck von Rád gibt es nicht viel zu sagen. Er war, wie schon erwähnt, proper gewachsen und sein schwarz-weiß-hellbraun gestreiftes Fell mit kahlen Stellen übersät wie ein mottenzerfressener Teppich. Der Schwanz hatte in der Mitte einen Knick.

Damit passte Morika wunderbar zu ihrem zweibeinigen Freund. Der schien, gelinde gesagt, ein ziemlich komischer Kauz zu sein. Sein Alter war schwer zu bestimmen, aber dem faltigen Gesicht und den grauen Haaren nach zu urteilen, lag seine Jugendzeit schon etwas länger zurück. Obwohl er im Großen und Ganzen durchaus menschlich aussah, wirkte manches an ihm eher wie jenen Zeichnungen von hakennasigen Gnomen und Wichten entsprungen, die Jim aus den Sagen- und Märchenbüchern seiner Kindheit kannte.

Morio trug eine kurzärmelige, braune, mit großen, bunten, grob aufgesteppten Flicken übersäte Tunika, deren gerader Schnitt dem eines Nachthemds nicht unähnlich sah. Sie reichte ihm bis knapp über die Knie. Seine Arme und Beine waren dünn, dunkel behaart und alles andere als gerade gewachsen. Die unbedeckten Füße und Zehen schienen im Vergleich zum übrigen Körper um zwei Nummern zu groß zu sein. Im Gesicht hatte er, mit Ausnahme der dichten Augenbrauen, keine Behaarung. Auf dem Kopf dagegen sah es ganz anders aus. Seine wirre, nach allen Seiten abstehende Mähne wirkte wie eine zu füllig geratene Kopie der Frisur des schrulligen Theaterkritikers Mr Cox. Abgesehen davon haftete dem kleinen Mann eher etwas von einer knorrigen Wurzel an.

»Was bist du eigentlich?«, fragte Jim, nachdem er vor der Treppe stehen geblieben war. Seine Nasenspitze befand sich nun auf einer Höhe mit den schmutzigen Füßen des Wichts.

»Ein Grimp. Sieht man das nicht?«

»Na ja … Äh … Ich wollte nur sichergehen. Und wer ist Perpeto?«

Morio kniff eines seiner dunkelgrünen Augen zusammen. »Ist das eine Fangfrage?«

»Nein. Ich bin gerade erst angekommen.«

»Eigentlich siehst du auch gar nicht wie die Rádlinge aus. Aber man kann nicht vorsichtig genug sein heutzutage.«

»Du meinst, wie die Einheimischen? Was ist an denen denn anders als bei mir?«

»Ihre Haut leuchtet. Meistens jedenfalls.«

»Das ist nicht dein Ernst.«

»Doch. Wart's ab, bis dir der erste Rádling über den Weg läuft. Wo stammst du her?«

»Aus …« Irland, wollte Jim sagen, entsann sich dann aber der Ausdrucksweise von Lord Alistair und antwortete: »Aus der Welt der Sinne.«

Die Stirn des Wichts legte sich in Furchen. »Ah! Ich habe davon gehört. Dann bist du kein Grimp?«

»Nein. Ein … Mensch. Ich bin eben der Quelle der Erleuchtung entstiegen.«

Morio sah zu Morika herab und die wiederum blickte zu ihm auf, als könnte sie ihm mit ihren honiggelben Augen Morsezeichen geben.

»Ihr zwei seid auch nicht aus Rád, stimmt's?«, erkundigte sich Jim.

Morio tippelte zwei Stufen zu ihm herab und setzte sich auf die Treppe. Jetzt waren die beiden auf gleicher Augenhöhe. »Wie kommst du darauf?«

»Ich habe mich umgesehen. Hier wiederholt sich alles. Doch ihr zwei seid anders.«

Der Grimp tauschte abermals einen beredten Blick mit der Katze, die mittlerweile neben ihm Platz genommen hatte. Er nickte und wandte sich wieder dem Besucher zu. »Wir vertrauen dir, obwohl du ein Schaumschläger bist …«

Jim schnappte empört nach Luft, doch ehe er etwas erwidern konnte, wedelte Morio beschwichtigend mit den knotigen Händen.

»Entschuldige, war nicht so gemeint. Wenn man so lange wie ich den Narren spielt, mangelt es einem an Taktgefühl.

Ich wollte nur sagen, dass wir deine Verkleidung durchschaut haben.«

»Was für eine Verkleidung?«

»In der Rüstung steckt kein Ritter.«

Jim hatte seinen silbernen Harnisch ganz vergessen. Unbehaglich sah er an sich herab. Auf der ehemals polierten Panzerung gab es keine einzige glänzende Stelle mehr.

Morio nickte wissend. »Niemand kann die Quelle der Erleuchtung durchqueren, ohne sich zu verändern. Bei uns zwei Hübschen war das genauso. Und ehrlich gesagt ist unser jetziges Gehabe auch nicht echt. Es gehört zu unserer Tarnung. Nur so können wir hier unbehelligt unser Einsiedlerdasein fristen.«

»Seid ihr gemeinsam nach Rád gekommen?«

»Nein. Aber fast zur selben Zeit und mit ähnlichen Plänen. Als wir wie du aus dem See gestiegen sind, wollten wir Perpeto zum Zweikampf herausfordern, um Rád zu befreien. Leider war er mächtiger als wir und hätte uns fast getötet. Nur unser nacktes Leben konnten wir retten. Andere Außenweltler, denen es davor auch nicht besser ergangen war, haben uns wieder hochgepäppelt. Schließlich haben sich Morika und ich zusammengetan und uns hier niedergelassen. Die Quelle der Erleuchtung ist der einzige Ort dieser Welt, den Perpeto und seine Schergen meiden.«

»Und wer ist nun dieser Perpeto?«

»Der König von Rád. Seine Anhänger nennen ihn ehrfurchtsvoll ›Stetiger Vater‹. Er ist« – Morio deutete zur Spitze der Klippe hinauf – »der Herr im Palast der Tränen.«

Jim kratzte sich am Kopf. Seltsam, dachte er, dass ich den Namen der Festung schon vorher kannte. Dann machte er sich klar, dass Rád ja aus seiner Phantasie geboren worden war. Offenkundig besaß es überdies ein Eigenleben, sonst wäre ihm vieles hier kaum so fremd. »Warum wolltet ihr zwei gegen den König kämpfen?«

»Weil er die Quelle der Erleuchtung schließen möchte!«

»Was? Wie will er das denn anstellen?«, stieß Jim entsetzt hervor. Der See war, soweit er das beurteilen konnte, für ihn der einzige Weg zurück in die Welt der Sinne.

Morios Gesicht verfinsterte sich und seine zuvor eher knarzige Stimme klang jetzt finster und unheilschwanger. Perpeto raube Kinder aus anderen Welten, erklärte er. Angeblich gelangten sie durch seine finsteren Träume nach Rád. Wie auch immer er es anstelle, sobald sie in seiner Gewalt seien, kette er sie in einer tief gelegenen Kammer seines Palastes an. Dort säßen ihnen kleine schwarze Papageien im Nacken und erzählten ihnen unentwegt traurige Geschichten über ihre Eltern, Verwandten und Freunde, wahre Geschichten von Krankheit, Leiden und Tod. Perpeto kenne das Schicksal jedes seiner Opfer, noch ehe er es entführe.

Kein Kind halte das düstere Geplapper der Papageien lange aus, ohne zu weinen, fuhr Morio fort. Und genau das wolle

Perpeto. Jede Träne sei für ihn kostbar. Daher sammele er sie in einem Trichter, aus welchem sie schließlich in den See tropften, der sich aus der Quelle der Erleuchtung speise …

»Wo sie Fische töten«, fiel Jim dem Wicht ins Wort.

Morio nickte traurig. »Nirgends in Rád leuchten die Farben so hell wie auf den Schuppen dieser Fische. Das Wasser aus dem Meer der Träume lässt sie so strahlen. Doch Perpeto hasst nichts mehr als Phantasie. Seine Macht schöpft sich aus der Wiederholung. Er fühlt sich von Veränderungen jeder Art bedroht.«

»Weswegen er die Fische vergiftet?«

»Mit ihrem Aussterben fängt das Übel erst an. Die Quelle ist der einzige natürliche Lichtspender hier, ihr Schein spiegelt sich am Himmel wie ein heller Mond. Perpeto hat seinen Herrschersitz nicht zufällig auf der Großen Klippe errichtet. Durch den Schatten des Tränenpalastes verlieh er dem Mond die Gestalt des heiligen Rades, des Symbols ewiger Wiederholung. Es soll wie ein Bannkreis so lange in den Wolken stehen, bis die Quelle der Erleuchtung ganz erlischt.«

»Und mit jedem schwarzen Tropfen, der in den See fällt, kommt er diesem Ziel näher.« Allmählich begann Jim zu begreifen.

Der Grimp nickte träge, als beschwerten die Sorgen sämtlicher Welten sein Haupt. »Perpeto wird nicht eher ruhen, bis der lichte See nur noch ein schwarzer, toter Tümpel ist. Dann kann nämlich kein Außenweltler mehr zu ihm kommen, es sei denn, er rufe ihn in seinen Träumen herbei. Der König fürchtet und hasst uns mehr als alles andere, weil nur wir hier etwas verändern können. Wir bringen seine schöne Ordnung durcheinander.«

»Stammt er auch aus einer anderen Welt?«

»Das ist eines der großen Geheimnisse von Rád. Einige behaupten, er komme aus Osttarra, einem Reich zeitloser Schatten. Der Herr des Tränenpalastes selbst pflegt zu sagen: ›Ich *bin* Rád.‹ Womöglich hat er damit sogar recht. Zumindest ist ihm für den Erhalt seiner Macht kein Preis zu hoch.«

»Du meinst ... die ewige Dunkelheit, die nach dem Versiegen der Quelle über Rád kommen würde?«

»Ja. Aber weit schlimmer wäre, wenn auch das erlischt, wofür ihr Name steht: Sie bringt allen vernunftbegabten Geschöpfen Erleuchtung, erhellt ihre Phantasie und ihren Kunstsinn. Wenn die Quelle von Rád versiegt, könnte sich das Sterben wie ein Geschwür über das ganze Phantaversum ausbreiten; es würde also nicht nur sämtliche Reiche im Meer der Träume erstarren lassen, sondern auch die Welt der Sinne. Nirgends gäbe es mehr etwas Neues, keine zündenden Ideen, keine Geistesblitze, nicht einmal Freude an einem Musikstück, einem Bild oder einem Gedicht, stattdessen nur noch die ewige Wiederholung des Alten und Bekannten.«

»So wie hier«, flüsterte Jim fröstelnd.

»Ja«, stimmte ihm Morio zu.

»Aber braucht Perpeto nicht viele Kinder, um die Quelle zu vergiften?«

»Das ist richtig. Trotzdem sind die Tränen der armen Kleinen die Essenz allertraurigster Traurigkeit, die konzentrierte Bitternis. Wenn der letzte Tropfen verbraucht ist, wirft er die verdörrten Hüllen der Kinder einfach fort und stiehlt sich neue Opfer zusammen. Zuletzt wird eine einzige Träne den See für immer zum Erlöschen bringen.«

»Und wann könnte das geschehen?«, fragte Jim mit zitternder Stimme. Er sah sich schon als Gefangenen seiner eigenen Welt, eines Reiches nie endender Finsternis.

Der Grimp und die Katze schüttelten gleichzeitig die Köpfe. »Das vermag niemand zu sagen. Es könnte jeden Augenblick geschehen.«

»Jeden ... Augenblick ...?«, wiederholte Jim. Dann versagte ihm die Stimme ganz und sein Mund blieb vor Entsetzen offen stehen. Jeden Augenblick – das war schneller als befürchtet. Mit einem Mal saß ihm die Angst im Nacken. In seinem Kopf gab es nur noch einen Gedanken: Du musst so schnell wie möglich wieder nach Hause. Panisch wirbelte er herum und lief den Weg zurück, den er gekommen war.

»Bleib stehen! Es ist zu gefährlich ...«, hörte er hinter sich die Warnung des Grimps, rannte aber trotzdem weiter. Während er dem Trampelpfad bis zum See hinab folgte, wollte das Gezeter Morios hinter ihm nicht abreißen. Am Ufer kam Jim schlitternd zum Stehen. Seinem unbändigen Verlangen, sich in die Fluten zu stürzen, stemmten sich plötzlich Zweifel entgegen, genährt durch die unablässigen Mahnrufe seines Verfolgers. Vorsichtig setzte er zunächst nur die Füße ins Wasser.

Ein Furcht erregendes Zischen ließ ihn erschauern. *Zurück an Land!*, schoss es ihm durch den Kopf. Vor lauter Schreck geriet er ins Stolpern und fiel der Länge nach ins Wasser. Hastig wälzte er sich ans Ufer.

»Was habt ihr in eurer Welt eigentlich zwischen den Ohren? Ein Hirn kann's ja wohl kaum sein«, wetterte Morio. Er und die Katze hatten inzwischen ebenfalls den See erreicht.

Jim rappelte sich wieder hoch. Er spürte am ganzen Körper ein Brennen, so als sei er in einen Ameisenhaufen gefallen und von den Insekten mit Säure beschossen worden.

»Jetzt wirf endlich die verdammte Schale ab«, schrie Morio.

Morika saß neben ihm und wirkte eher belustigt.

Fassungslos starrte Jim auf seinen Panzer. Er schlug überall Blasen. Der Grimp hatte recht. Es war höchste Zeit, das Blech loszuwerden.

Jim ließ das Schwert fallen und riss sich hektisch die Panzerung vom Leib – die Befestigungsriemen hatten sich im ätzenden Seewasser ohnehin fast aufgelöst. Unter dem Harnisch kam die Kleidung eines Bettlers zum Vorschein, ein fadenscheiniges Leinenhemd und eine nur bis zu den Waden reichende braune Hose, die mit ihren vielen Flicken der Tunika des Grimps an Schäbigkeit in nichts nachstand. Genauso wie dieser war Jim jetzt barfuß.

»Das hättest du dir ersparen können«, sagte Morio und deutete auf den schäumenden Haufen, der einmal Rüstung und Schwert gewesen war. »Das Wasser der Quelle ist umgekippt – es spendet nicht länger Leben, sondern Tod. Jetzt kann es nicht mehr lange dauern, bis ihr Licht ganz erlischt.«

Jim blickte aus glasigen Augen auf den See hinaus. Überall schwammen verendete Fische mit ihren bleichen Bäuchen nach oben. »Dann kann ich nie mehr weg von hier?«, flüsterte er.

»Nur, wenn du die Quelle heilst.«

Das hörte sich so einfach an, aber ihm schwante Schlimmes. Doch blieb ihm überhaupt eine andere Wahl? Er straffte den Rücken. »Was muss ich tun?«

»Rette die Kinder im Palast der Tränen und sorge dafür, dass Perpeto nie wieder neue entführen kann. Die Quelle der Erleuchtung ist noch nicht ganz erloschen. Ihre Kraft ist groß. Solange noch ein Fünkchen Phantasie in ihr glüht, kann sie sich selbst heilen. Du musst nur den bittergiftigen Nachschub aus dem Schloss unterbrechen.«

»Du kannst mir nicht zufällig verraten, wie ich einen so durchtriebenen Bösewicht besiegen kann?«

»Nein. Wüssten Morika und ich es, dann hätten wir ihn längst selbst überwältigt. Nur so viel lass dir gesagt sein: Perpeto ist gerissen. Er und seine Schergen sorgen dafür, dass niemand ihm gefährlich werden kann. Sieh dich doch an. Eben noch warst du ein Ritter mit einem großen Schwert. Und jetzt? Deine Kleider fallen dir fast vom Leib und Schuhe hast du auch keine mehr. In diesem heruntergekommenen Zustand ist es höchst unwahrscheinlich, dass man dich überhaupt in die Festung hereinlässt.«

»Danke für deine aufmunternden Worte.«

»Keine Ursache.«

»Aber ich versuche es trotzdem«, beharrte Jim trotzig.

Morio nickte mit versteinerter Miene, als habe er nichts anderes erwartet. Er sah auf die Katze herab und die erwiderte seinen Blick. Abermals hatte Jim das Gefühl, die beiden führten ein stilles Zwiegespräch.

»Morika ist bereit, dich ein Stück zu begleiten. Sie kennt sich hier aus«, erklärte der Grimp schließlich.

»D-danke«, stotterte Jim. Er wusste nicht, was er davon halten sollte.

Die Katze lief zu ihm, strich schnurrend um seine nackten Waden, hob den Kopf und sagte: »Ich glaube an dich, Ritter Jim von Sinnenwelt.«

Der Schultheiß von Rádor

Irgendwo in Rád, 1. Tag

Eine sprechende Katze hätte Jim andernorts wohl am eigenen Verstand zweifeln lassen, in Rád jedoch wunderte ihn gar nichts mehr. Phantasiewelten hatten ihre eigenen Naturgesetze und Morikas Verhalten war ihm ohnehin von Anfang an seltsam vorgekommen. Jetzt ergab alles einen Sinn.

Und er war froh, eine Begleiterin zu haben, die ihn durch die Leierkastenwelt führen konnte. Das Umschlagen des bitteren Sees hatte ihm eines klargemacht: Wollte er je in die Welt der Sinne zurückkehren, dann durfte er keine Zeit verlieren. Deshalb würden er und die Katze aufbrechen, sobald Morio ihnen etwas von seinen Lebensmittelvorräten eingepackt hatte. In seiner Ahnungslosigkeit hielt Jim den Grimp für ziemlich knausrig, weil er nur zwei oder drei Tagesrationen herausrückte. Er selbst wolle beim See bleiben, sagte

Morio, da es seine Bestimmung sei, das Tor zum Phantaversum zu bewachen.

Auf den ersten Meilen des leicht ansteigenden Weges ging es durch einen Wald, der voller Geräusche war. Sich wiederholender Geräusche, wohlgemerkt. Mancher Schrei und manches Vogelzwitschern kam Jim vor wie ein Echo mit Ladehemmung: Es dauerte lange, bis es wiederkehrte, aber es kam. Das war am Anfang ganz amüsant, ödete ihn dann aber schnell an, bis er es schließlich gar nicht mehr wahrnahm.

Weniger lustig fand Jim das Flüstern. Weil man unter den Baumkronen kaum die Hand vor Augen sah, vermochte er nicht zu sagen, wer da über ihn wisperte. Das meiste war ohnehin unverständlich. Trotzdem konnte er sich des Eindrucks nicht erwehren, es gehe dabei um ihn – irgendwer teilte irgendwem mit, dass ein Fremder nach Rád gekommen sei. Morika meinte, hier gäbe es viele Geschöpfe, die des Sprechens fähig seien, die sich gewöhnlich aber nur untereinander austauschten; die meisten verfügten über mehr als zwei Beine und einige besaßen gar keine.

Glücklicherweise fand sich die Katze in dem Wald trotz der Dunkelheit bestens zurecht und lotste Jim mit ihrer hellen Stimme sicher über geheime Pfade. Gelegentlich konnte er ihr nur mit Mühe folgen, wenn das Flüstern in den Wipfeln ihn zusammenschrecken ließ oder die Zweifel, die ihn plagten, sich bleischwer in seinen Beinen sammelten.

Er wusste weder, wie er die Kinder des Tränenpalastes retten, noch wie er Perpeto das Handwerk legen sollte. Nur dass er für das eine wie für das andere auf die Klippe steigen musste, das stand fest. Der direkte Weg dorthin hätte eine mehrtägige, halsbrecherische Klettertour bedeutet. »Nicht mal ich würde das schaffen«, hatte die Katze gesagt und damit war das Thema erledigt gewesen.

An ihrer rückwärtigen Seite war die Klippe weit weniger steil. Daher wollte Morika ihren Begleiter, den sie nicht ohne einen gewissen Spott Ritter Jim von Sinnenwelt nannte, zunächst um den Berg herumführen. Dort gäbe es einen leichteren Aufstieg.

Nach vielleicht zwei Stunden lag der Wisperwald endlich hinter ihnen und Jim atmete erleichtert auf. Sie liefen jetzt über eine graugrüne Landschaft aus Gras, Büschen und vereinzelten Laubbäumen.

»Wie lange werden wir brauchen?«, fragte er. Vor dem Leuchtring, den er anfangs für den Mond gehalten hatte, zog von rechts nach links ein Schwarm Kraniche vorüber.

»Kommt drauf an«, antwortete die Katze vieldeutig.

»Worauf?«

»Wie viele Kettenhunde Perpeto auf uns hetzt.«

Jim schluckte. »Ist das wörtlich gemeint?«

»Ja und nein. Das hängt von dir ab.«

»Von … mir?«

»Hast du dir diese Welt nicht ausgedacht?«

»Nun ... ich bin mir nicht sicher. Mir scheint, ich habe das Rad von Rád nur in Gang gesetzt. Jetzt dreht es sich von alleine ...« Sein Blick streifte den falschen Mond, an dem abermals ein Vogelschwarm vorbeiflog. »Wie kommt es eigentlich, dass du und Morio schon so lange hier seid, wenn diese Welt erst letzte Nacht aus dem Meer der Träume aufgestiegen ist?«

Morika mauzte, was wohl ihre Art des Lachens war. »Das ist einfach zu beantworten, Ritter Jim. Als du sie erschaffen hast, ist auch ihre Vergangenheit ins Dasein gekommen. So wie bei einem Märchenerzähler, der sagt: ›Es war einmal vor langer, langer Zeit.‹ Und schon entsteht eine bunte Welt mit einer weit zurückreichenden Geschichte. Ich schätze, mit Rád hast du es genauso gemacht: Von einem Moment zum nächsten war es uralt.«

Jim schwirrte der Kopf. Seine bisherigen Zeitvorstellungen konnte er wohl vergessen. »Von woher stammst du, Samtpfote?«

»Ich komme aus Felidas, einer Katzenwelt, wie du dir denken kannst. Dort bin ich eine geachtete Dichterin gewesen. Eines Tages ist mir aufgefallen, dass die Quelle der Erleuchtung für unsereiner immer spärlicher sprudelt. Deshalb beschloss ich, der Sache auf den Grund zu gehen. So kam ich nach Rád, und seitdem suche ich nach einer Möglichkeit, Perpeto das Genick zu brechen ...«

»Bäh!«, stieß Jim angeekelt hervor. Unterdessen passierte

einmal mehr der Kranichschwarm von rechts nach links den ringförmigen Mond.

»'tschuldige«, mauzte Morika. »Ich verfalle immer wieder in die Katzensprache.«

»Das ist auch Menschensprache. Und ich finde das Geräusch zersplitternder Knochen widerlich.«

»Es war nicht wörtlich gemeint. Ich wollte lediglich Perpetos Machenschaften ein Ende bereiten.«

»Bist du je im Palast der Tränen gewesen?«

»Nein. So weit habe ich es nie geschafft. Zuletzt bin ich bei Morio geblieben, der sich als Hüter der Quelle versteht. Er hat auf dich gewartet.«

»Auf ... *mich?*«

»Nun ja, auf einen Retter eben, dem er irgendwie helfen könnte, indem er ihm seine hübsche Katze ausleiht.«

»Hübsch?« Jim musste sich ein Lachen verkneifen.

Morika leckte über eine haarlose Stelle ihres Fells und im Nu befand sich dort ein dichter weißer Pelz. »Alles nur Tarnung«, erklärte sie. »Ich zeige mich Perpeto so, wie er mich sehen will: als räudige Katze, als wandernder Flohzirkus, als harmloser Gewöllespucker.« Zur Unterstreichung ihrer Erläuterung würgte sie einen Fellklumpen hervor.

Jim wandte die Augen schnell zum Himmel, weil er den Anblick ziemlich unappetitlich fand. Die Kraniche vor dem Hintergrund des Scheinmondes beachtete er kaum.

»Das ist Rádor. Es ist so rund wie ein Rad«, erklärte die

Katze unvermittelt. Die beiden hatten gerade eine Anhöhe erklommen. Sein Blick folgte ihrer deutenden Pfote und stieß in der Ferne auf die funkelnden Lichter einer Stadt. Er ließ den Proviantbeutel zu Boden sinken.

»Perpeto hat da doch bestimmt Spione.«

»Darauf verwette ich mein falsches Fell.«

Jim strengte seine Augen an, als wolle er die Bewohner des Ortes auskundschaften. Doch Rádor war noch meilenweit entfernt. Abgesehen von einigen Leuchtpunkten, die sich wie die Laternen einer fahrenden Kutsche bewegten, konnte er nichts Besonderes erkennen. »Ist vielleicht besser, wir halten uns von Siedlungen jeglicher Art fern.«

»Und wo kriegen wir unser Futter her?«

»Du fängst Mäuse und ich esse Morios Proviant.«

Morika mauzte. »Selten so gelacht, Ritter Jim von Sinnenwelt. Ich würde ja meinen, du leidest unter einem Schrumpfhirn, wenn du nicht neu hier wärst.«

»Dann tu mir bitte den Gefallen und drücke dich deutlich aus. Was ist an meinem Vorschlag auszusetzen?«

»Was wir in Rád auch fangen oder pflücken, es macht uns nicht satt. Und die Vorräte werden wir spätestens heute Abend weggeputzt haben. Es ist gerade genug, um bis nach Rádor zu kommen. Morio wusste das.«

Mit einem Mal verspürte Jim einen unbändigen Appetit. Ihm war regelrecht schlecht vor Hunger. Ein Stück hangabwärts entdeckte er einen Apfelbaum voller großer Früchte.

Er schulterte wieder seinen Sack und brummte: »Wäre doch gelacht.«

Das matte Licht des Ringmondes dämpfte alle Farben. Nichts sah saftig und frisch aus, sondern eher staubig und verwelkt. Doch selbst davon ließ sich Jim nicht beirren. Kaum waren er und Morika bei dem Baum angekommen, streckte er die Hand nach einem grauroten Apfel aus …

»Kannst du vergessen«, sagte unvermittelt eine helle Stimme von oben.

Er beugte sich zur Seite und entdeckte zwischen den Blättern einen kleinen grauen Vogel mit einer goldenen Schwanzspitze. Auf der Brust und an der Vorderseite des Kopfes war der Piepmatz blassrot. »Hast du eben gesprochen?«, fragte Jim überrascht.

»Also, der Apfel war's jedenfalls nicht«, antwortete der Kleine.

»Ich hörte zwar von anderen sprechenden Geschöpfen im Wisperwald, wusste aber nicht, dass dazu auch die Tiere von Rád gehören.«

»Was du nicht sagst! Dann hast du eben etwa nicht mit der Mieze geredet, sondern Selbstgespräche geführt?«

Morika hatte Jim gerade eingeholt und blickte zu dem Piepmatz auf. »Ein Blassrotkehlchen, wie nett! Ich könnte etwas Bewegung und Gaumenkitzel brauchen.«

»Untersteh dich!«, schimpfte der Kleine. »Ich bin für dich doch sowieso nur heiße Luft.«

»Die aber gut schmeckt.«

Das Vögelchen schwirrte mit empörtem Gezwitscher davon.

Jim fand das alles sehr seltsam, wenngleich ihm das Flüstern im Wisperwald rückblickend gar nicht mehr so unheimlich erschien: Offenbar hatte sich die Nachricht vom Besuch des Außenweltlers tatsächlich nur unter den Tieren verbreitet. Weitere Grübeleien über die Sprachbegabung einheimischer Lebensformen wurden von seinem Hunger unterbunden.

Er pflückte den Apfel und biss herzhaft hinein. Süßer Saft rann ihm in den Mund. Die Frucht schmeckte vorzüglich. Binnen kürzester Zeit hatte er sie bis auf das Kerngehäuse verputzt. »Wunderbar!«, schwärmte er und schleuderte den Butzen in hohem Bogen davon.

»Und? Bist du satt?«, fragte Morika.

»Klar ... Na ja, nicht so richtig. Aber es war ja nur einer.« Jim pflückte gleich einen zweiten Apfel und vertilgte auch diesen.

»Satt?«, fragte Morika.

»Einer geht noch.« Jim verleibte sich einen dritten Apfel ein.

»Satt?«, wiederholte Morika amüsiert.

»Der Ranzen spannt«, antwortete Jim ausweichend, während er verwundert seinen prall gefüllten Bauch betastete. Er hatte tatsächlich immer noch Hunger.

»Du könntest futtern, bis du platzt, und würdest trotzdem nicht satt werden«, prophezeite ihm die Katze.

Jim stöhnte leise. »Also schön. Du hast recht und ich habe unrecht. Mir ist nur nicht klar, warum du die Maus gefressen hast.«

»Alte Gewohnheit.«

»Wie ist es Morio und dir gelungen, nicht zu verhungern?«

»Wir haben uns gegenseitig gefüttert. Satt wirst du hier nämlich nur als Gast eines Außenweltlers. Oder wenn du dir Proviant mitgebracht hast.«

Zumindest begriff Jim jetzt, warum Morio mit der Wegzehrung so knausrig gewesen war. In weitem Umkreis gab es nur ein einziges Geschöpf, das sein Überleben sichern konnte, und ausgerechnet dieses Wesen hatte er ziehen lassen. Warum tat er das?

Weil er an den Jungen aus der Sinnenwelt glaubte. Weil er ihm die Bewältigung einer gefährlichen Aufgabe zutraute, an der er selbst gescheitert war. Als Jim dies klar wurde, fühlte er sich noch elender. Verzweifelt suchte er nach Hosentaschen, in denen sich irgendwelche Krümel versteckt haben könnten, fand aber weder das eine noch das andere. Er brauchte die Katze. So lange wie nötig, aber auch so kurz wie möglich wollte er Morikas Hilfe in Anspruch nehmen. Danach musste sie zu Morio zurückkehren und zwar ehe seine Vorräte erschöpft waren, sonst …

»Soll ich dir eine Maus fangen?«, fragte sie mitfühlend.

»Danke. Noch ist unser Proviantbeutel nicht leer.« Voll unguter Gefühle blickte Jim wieder zum Gefunkel der Stadt. »Aber es führt wohl kein Weg an Rádor vorbei, wenn ich mich nicht mit Katzenfraß abspeisen lassen will.«

»Du kannst auch mit knurrendem Magen gegen Perpeto antreten. Dann klettern wir schnurstracks die Klippe hinauf.«

Ein Seufzen entrang sich Jims Kehle. »Also los, gehen wir.«

Missmutig marschierte er weiter und sah sich schon als Gefangener in Perpetos Kerker. Und wie mochte es erst in seinen Folterkammern zugehen? Ob einem da immer wieder dieselben Knochen gebrochen wurden?

Nach einigen Meilen war die Stadt nicht mehr nur eine Ansammlung von Lichtern. Jetzt konnte Jim im fahlen Schein des wabernden Mondes sogar deutliche Umrisse ausmachen. Dabei wurde zur Gewissheit, was er zunächst für ein Trugspiel des allgegenwärtigen Halbdunkels gehalten hatte.

»Die Stadtmauer bewegt sich!«, staunte er. Wie ein großes Rad drehte sich die Mauer um die Häuser und Türme des Ortes. Ab und zu blieb sie stehen, jedoch nur, um ihre Richtung zu ändern. Die Wechsel verwirrten ihn zunächst, weil sie dem Anschein nach unvorhersehbar waren – mal nach längerer, dann wieder nach kürzerer Zeit. Aber konnte es in Rád überhaupt so etwas wie Unregelmäßigkeit geben?

Morika, die neben ihm tippelte, musste seine Gedanken erraten haben, denn sie erklärte: »Rád ist wie ein Uhrwerk.

Sogar der Zufall ist hier nur Schein. Alles folgt einem festgelegten Rhythmus.«

Wenig später stießen die zwei auf eine Straße aus gestampftem Lehm, die sie direkt nach Rádor brachte. Über einen Rundweg konnte man bequem, wo immer es sich auch gerade befand, das Stadttor erreichen. Zwei große Feuerschalen verbreiteten davor ein helles Licht. Zur Rechten wie zur Linken stand je ein geharnischter Wächter auf einem steinernen Mauersockel. Der Helm des linken Postens war geschlossen, der des anderen offen.

»Es ist wohl besser, wenn du sprichst«, sagte Morika. »Ich spiele die streunende Katze.«

Um mit einem der beiden Stadtgardisten zu reden, musste man neben dem Tor herlaufen und dabei immer wieder die Richtung ändern. Jim hatte mittlerweile den komplizierten Rhythmus verinnerlicht und vollzog die Kehrtwenden wie von selbst. Er wählte, weil der linke Posten gerade nieste, den rechten aus. Unter dessen hochgeklapptem Visier musterten ihn geringschätzig zwei lilafarbene Augen. Die räudige Katze würdigte der Wachmann keines Blickes.

»Einen wunderschönen guten Tag. Ich würde gerne in die Stadt …«

»Wir dulden hier keine Bettler. Scher dich fort!«, schnauzte es blechern aus dem Helm, ehe Jim sein Anliegen hatte vorbringen können.

Von links ertönte wieder das Niesen.

Jim drückte die Brust heraus und erklärte: »Ich bin ein fahrender Sänger und will eure hohen Herren mit meinen Liedern erfreuen.« Als ehemaliger Chorknabe kam er damit der Wahrheit sogar halbwegs nahe – und erinnerte sich an seinen ersten öffentlichen Auftritt im Bray Boat Club vor fünf Jahren. Zusammen mit den Eltern hatte er dort gesungen und der ganze Bootsverein war entzückt.

»Ein Barde?«, sagte der Posten argwöhnisch. »Wir dulden hier keine Bettler.«

Wie zur Bekräftigung nieste sein Kamarad zur Linken.

»Ich bin Minnesänger«, wiederholte Jim so freundlich wie möglich, während er automatisch die Richtung wechselte, um sich dem wandernden Tor anzupassen. Irgendwie hatte er das Gefühl, die Stadt wolle überhaupt niemanden hereinlassen.

»Schön und gut, aber wir dulden hier keine Bettler«, beharrte der Wächter.

Allmählich dämmerte Jim, dass sich das absurde Spiel wohl ewig fortsetzen würde, wenn nicht …

»Was ist das für ein Bursche?«, erkundigte sich unvermittelt eine hohle Stimme aus Richtung des gerade wieder ertönenden Niesens. Dort stand jetzt ein dritter Stadtgardist, der es trotz seiner Blechuniform geschafft hatte, sich unbemerkt zu nähern. Sein Helm war geschlossen.

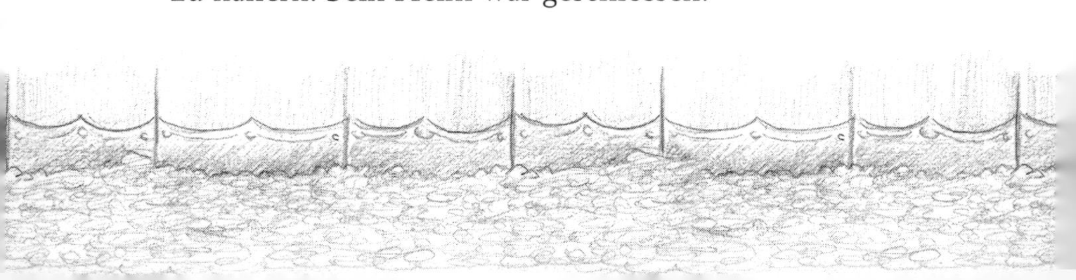

Der Posten zur Rechten hieb scheppernd die Hacken zusammen. »Ein Barde, Hauptmann Forsch.«

»Und warum lässt du ihn nicht passieren?«

»Weil wir hier keine Bettler dulden.«

»Dummkopf. Barden singen, sie betteln nicht.«

»Aber …«

»Schließ dein Visier und halt den Mund. Der Bursche darf in die Stadt. Mit Barden machen wir das immer so und warum sollten wir's jetzt ändern?« Der Hauptmann wandte sich dem Besucher zu. »Fremde müssen sich im Palast des Schultheißen anmelden. Er hat bis acht Uhr geöffnet. Da kannst du auch gleich deine Dienste anbieten.« Er winkte Jim durchs Tor.

Der Posten zur Linken hieß den Besucher durch ein herzhaftes Niesen willkommen.

Gleich hinter dem Durchlass lag eine belebte Gasse, in der ein blassbuntes Treiben herrschte. Jim fühlte sich ins Mittelalter versetzt. Aus dem Fenster eines windschiefen Fachwerkhauses flogen gerade Küchenabfälle aufs Pflaster. Handwerker und Händler boten ihre Waren feil. Männer und Frauen, viele ärmlich, manche edel gekleidet,

prüften das Angebot. Jungen und Mädchen, die meisten barfüßig, rannten zwischen den Leuten hindurch. Und über allem lag ein fauliger Duft.

Gewöhnungsbedürftig, urteilte Jim über die Stadt. Was das Aussehen ihrer Bewohner anging, erfüllten ihn zwei Dinge mit Unbehagen: Erstens hatten alle Rádorer violette Augen und zweitens strahlte ihre Haut. Sie war so bleich wie die Bäuche der toten Fische im See, doch jeden – ob Mann, ob Frau, ob Greis, ob Kind – umgab eine schwache grünliche Aura, so als hätten sie alle löffelweise Glühwürmchen verspeist.

»Woher kommt dieser Schimmer auf der Haut?«, fragte Jim seine Begleiterin. »Morio hatte zwar so etwas erwähnt, aber …« Ihm blieb vor Scheck das Wort im Halse stecken, als er nach unten sah. Hektisch blickte er sich um.

Die Katze war verschwunden.

»Morika?«

Er ging in die Knie, um zwischen den Beinen der Leute hindurch nach ihr Ausschau zu halten, und rief immer lauter ihren Namen. Aber sie war weg.

Einen Moment lang fühlte er sich einsam und hilflos.

Bis er von einem zerlumpten Jungen angerempelt wurde und sich auf den Hosenboden setzte.

»Pardon, Pardon, Pardon …« Die Stimme des Knaben ging im allgemeinen Lärm der Gasse unter.

Jim rappelte sich wieder hoch. Er beschloss, pflichtgemäß

dem Bürgermeister ... Nein, verbesserte er sich, der Hauptmann hatte ihn ja »Schultheiß« genannt. Dessen Palast wollte er als Erstes aufsuchen und sich anmelden. Beim Mäusefang hatte Morika bewiesen, dass sie mit den Sinnen einer Katze ausgestattet war. Sie würde ihn schon finden.

»Wie komme ich zu eurem Schultheiß?«, fragte Jim einen Obstverkäufer, der gerade seine Früchte auf dem Verkaufstisch in der Form von Kreisen anordnete.

»Lass dich festnehmen«, kam prompt die Antwort.

»Wieso sollte ich das tun?«

»Weil du nicht hierhergehörst. Deine Haut ...« Der Händler deutete auf Jims Gesicht. »Sie ist stumpf.«

»Ich ... äh ... hab wohl Untertemperatur.«

»Ach so. Dann iss einen Apfel.« Der Obstverkäufer nahm aus der Mitte eines Kreises eine blassrote Frucht und streckte sie Jim entgegen.

»Danke«, brummte der und nahm das Geschenk an – er wollte nicht unhöflich erscheinen. »Kann man auch ohne Begleitschutz den Palast eures Stadtoberhauptes finden?«

»Na klar. Alle Wege der Stadt führen dorthin. Aber dann musst du dir selbst eine Gasse durch die Rädlinge bahnen. Folge einfach der Straße, dann stößt du mit der Nase direkt drauf.«

»Danke.«

»Noch etwas. Du solltest dich sputen. Der Palast schließt um acht.«

»Wie spät ist es denn?«

»Gleich acht.«

Jim bedankte sich abermals und setzte eilig seinen Weg fort. Nach ein paar Schritten kam wieder der kleine Wirbelwind angerannt, der ihn schon zuvor umgestoßen hatte. Jim packte ihn am Kragen. »Halt!«

Der fünf- oder sechsjährige Knirps sah ihn erschrocken an.

»Hier«, sagte Jim und drückte ihm den Apfel in die Hand.

Der Junge starrte auf die Frucht, dann wieder in das Gesicht des Fremden. Er war sichtlich durcheinander.

Jim ließ den aus dem Takt gekommenen Wirbelwind stehen und lief weiter.

Nach einigem Geschiebe und Gedränge erreichte er einen großen, kreisrunden Platz. Gegenüber stand ein imposantes Gebäude, in dem wohl der Schultheiß residierte. An einem Giebel hing eine Uhr, es war drei Minuten vor acht. Ansonsten zierten die Fassade allerlei Zahn- und Mühlenräder. Jim konnte nicht erkennen, ob sie nur aufgemalt waren, sie sahen täuschend echt aus. Man hätte glauben können, das Haus bestehe ganz aus mechanischen Teilen.

Aus der Mitte des Palastplatzes ragte eine gigantische Skulptur in den Nachthimmel. Sie glich einem Spinnrad, und doch hinkte dieser Vergleich, weil Kurbel und Spindel ganz fehlten, das Schwungrad dafür umso monströser war. Es drehte sich langsam. Wie es angetrieben wurde, konnte Jim nicht erkennen.

»Das ist unser *Perpetuum mobile*«, sagte jemand von rechts hinten. Die Stimme klang auf eine vertraute Weise hohl.

Jim drehte sich um und sah einen geharnischten Stadtgardisten mit geschlossenem Helm und langer Hellebarde.

»Es bewegt sich immerfort, ohne dass es je einen neuen Stoß benötigt. Deshalb beten wir es an. Ich sage das nur, weil du offensichtlich fremd hier bist. Deine Haut ist so glanzlos.«

»Ich habe Untertemperatur. Deshalb ...«

»Hast du dich schon angemeldet?«, unterbrach ihn der Soldat.

»Eigentlich wollte ich gerade ...«

»Hast du dich schon angemeldet?«

»Ich bin Barde. Sobald ich den Platz überquert habe ...«

»Hast du dich schon angemeldet?«

»Nein.«

»Dann muss ich dich vorläufig in Gewahrsam nehmen. Folge mir.«

Jim gelangte nun ungehindert durch die Menge, weil alle dem gepanzerten Recken auswichen, der unablässig »Folge mir« sagte. Sie liefen unter dem Riesenspinnrad hindurch bis zu einem Nebeneingang des Palastes. Bei näherer Betrachtung erwies sich dessen Fassadengestaltung als kunstvolle Collage aus gemalten Bildelementen und echten Rädern.

Der Gefangene wurde in ein kahles Zimmer geführt, dessen einzige Einrichtung in einer umlaufenden Bank an der Wand bestand.

»Warte, bis der Schultheiß Zeit für dich hat«, befahl der Wachmann und verschwand.

Etwa zwei Stunden später kam der Gardist zurück, um Jim abzuholen. »Du kannst dich Seiner Eminenz, dem Schultheiß, jetzt vorstellen.«

»Aber er empfängt Besucher doch nur bis acht«, wunderte sich Jim.

»Eben drum. Jetzt kannst du dich Seiner Eminenz, dem Schultheiß, noch vorstellen«, antwortete der Soldat.

Auf dem Weg wiederholte er diese Worte ungefähr noch drei Dutzend Mal. Sie durchquerten eine Unzahl von Gängen und gelangten schließlich in eine schier endlose Halle, den Audienzsaal, wie der Blechmann erklärte. Der Saal war ganz mit blassrotem Holz ausgekleidet. An den Längsseiten reihten sich links Dutzende von Spiegeln und rechts noch viel mehr goldblitzende Trommeln. Jede war ungefähr so hoch und doppelt so breit wie ein Zaunpfahl und ganz mit fremdartigen Schriftzeichen bedeckt. Einige drehten sich leicht im Luftzug, obwohl es keine Fenster gab. Dafür hüllte eine Reihe von wagenradförmigen Kerzenleuchtern, die unter der Decke hingen, alles in ein schmeichelndes Licht. An der gegenüberliegenden Stirnseite loderten Flammen in einem riesigen Kamin. Davor stand auf einem runden Podest ein wuchtiger Stuhl mit hoher Lehne, in welchem ein fast ebenso wuchtiger Mann saß.

»Du kannst dich Seiner Eminenz jetzt vorstellen«, sagte der Gardist und deutete zum anderen Ende der Halle.

»Kommt her, damit ich nicht so schreien muss«, rief der Schultheiß mit heller Stimme und winkte den Besucher näher.

Jim durchquerte den Saal auf einem grauroten Läufer. Dabei hatte er ausreichend Gelegenheit, das schwergewichtige Stadtoberhaupt von Rádor in Augenschein zu nehmen. Der Schultheiß war in einen glitzernden Mantel aus Gold und Silber, Edelsteinen und Perlen gehüllt. Wenn er sich bewegte, wurde Jim unentwegt von Lichtreflexen geblendet. Auf dem Kopf des Dicken saß ein Topf aus blassrotem Filz mit einer grauen Quaste. Seine Füße steckten in funkelnden Schuhen mit nach oben gebogenen Spitzen.

In respektvollem Abstand zum Thron blieb Jim stehen, verneigte sich und stellte sich als »Jim, der Barde« vor.

»Und ich bin Lamento III., Schultheiß von Rádor«, trompetete selbiger. »Geheiligt sei das Perpetuum mobile, verehrt unser geliebter Herr Perpeto und lobgepriesen die Tugend der Wiederholung.«

Eine unangenehme Stille trat ein. Jim vermutete, dass Lamento III. von ihm irgendetwas erwartete, wusste aber nicht was.

»Wollt Ihr den Gruß nicht erwidern?«, half ihm der Schultheiß auf die Sprünge. Bei jeder Bewegung seines mächtigen Hauptes geriet die Troddel auf dem Topfhut ins Kreisen.

Jemanden zu verherrlichen, der Kinder bis zur letzten Träne auspresste, widerstrebte Jim. Daher antwortete er ausweichend: »Ich komme von außerhalb und bin mit den hiesigen Sitten nicht vertraut.«

Lamento beugte sich vor, was seinen Mantel vernehmlich klimpern ließ, kniff ein violettes Auge zu und musterte den Besucher aus dem anderen. »Es fällt mir schwer, das zu glauben, Barde Jim. Unser Stetiger Vater hat vom Zeremoniell zur Begrüßung hoher Würdenträger meines Wissens keine Ausnahmen genehmigt. Ich muss auf Euer Bekenntnis zu den drei heiligsten Dingen im Reich bestehen.«

»Eigentlich bin ich gekommen, um zu singen«, wand sich Jim.

»Das hat Zeit. Erst wollen wir das Perpetuum mobile, den Stetigen Herrn und die Tugend der Wiederholung preisen.« Lamento deutete auf die Wand zu seiner Linken und mit einem Mal klang seine Stimme drohend, als er hinzufügte: »Und wenn deine Zunge sich mit den heiligen Worten schwertut, dann benutze meine Gebetsmühlen. Jede Umdrehung ist eine Anrufung der drei. Streiche einfach mit deiner Hand über die Trommeln und versetze sie in Drehung. Es ist nicht schwer. Wenn du so die andere Seite des Saals erreicht hast, werden vier mal neunundfünfzig Huldigungen zum Himmel aufgestiegen sein.«

Obwohl es Jim ein Leichtes gewesen wäre, die Worte auszusprechen, brachte er sie nicht über die Lippen. Nicht einmal die Gebetsmühlen wollte er anschubsen. Alles in ihm sträubte sich dagegen. Er wagte ein weiteres Ablenkungsmanöver. »Wieso sich mit langweiligen Übungen aufhalten, Eure Eminenz? Sehnt sich nicht jeder nach ein wenig Abwechslung, nach einem Lied oder Märchen, um die Kinder zu erfreuen?«

»Lieder?«, grunzte der Schultheiß. »Fröhliche Kinder? Das klingt mir verdächtig nach den Worten eines Aufrührers. Sinnt Ihr darauf, den Stetigen zum Kampf herauszufordern? Sprecht!«

»Ich bin niemandes Feind, aber immer nur Wiederholungen sind langweilig«, entgegnete Jim trotzig. Damit brachte er sich fast um Kopf und Kragen.

Lamento III. plusterte sich auf wie ein Fesselballon. »Wollt etwa *Ihr*, ein zerlumpter Barde, *mir*, einem Gelehrten von Adel, eine Lektion erteilen? Ich habe einen Doktor in Repititologie, der Königin der Wissenschaften, ohne die wir die Segnungen der Wiederholung nicht kennen würden. Ihr, ein ahnungsloser Narr und vermutlich der Sohn eines anderen Narren, könnt davon natürlich nichts wissen.«

»Mein Vater ist …« Jim funkelte den aufgeblasenen Fettkloß wütend an, wusste aber nicht, was er sagen sollte. Ist mein Vater ein bankrotter Kaufmann? Ein gefeuerter Angestellter? Ein jähzorniger Saufbold? Ein singender Geschichtenerzähler … »Mein Vater ist mein Vater«, sagte er schließlich.

Der Schultheiß nickte, als wisse er über alles Bescheid. »Auch das Scheitern wiederholt sich. Wie sagt das Sprichwort so schön? ›Was Hänschen nicht lernt, lernt Hans nimmermehr.‹ Einem Einfaltspinsel wie Euch muss sich die Erkenntnis über die heilige Wiederholung verschließen, über die Ordnung, die Verlässlichkeit, die Planbarkeit und Vorhersehbarkeit – es gibt keine unliebsamen Überraschungen. Über die Gerechtigkeit – niemand kann sich über andere erheben, weil er ohnehin dort bleibt, wo er ist. Aber warum Perlen vor die Säue werfen? Du wirst nie erleuchtet.«

Lamento hob erschöpft den Arm und rief nach den Wachen. Zwei gepanzerte Leibgardisten setzten sich quietschend und scheppernd in Bewegung.

Jim schluckte. »Werft Ihr mich aus der Stadt?«

»Nein, in den Kerker.«

»*Wie* ...? Was habe ich denn verbrochen?«

»Du hast dich nicht zu den heiligsten drei Dingen von Rád bekannt. Dafür könnte ich dich aufs Rad knüpfen lassen. Vorerst nehme ich dich nur in Beugehaft – bis du die Tugend der Wiederholung verinnerlicht hast, dem Herrn Perpeto die ihm gebührende Ehre darbringst und dich wie alle anderen vor dem Perpetuum mobile in den Staub wirfst.«

»Aber ... Ich begreife das nicht. Wieso ...?«

»Schweig!«, beendete Lamento III. unwirsch die Audienz. »Und zerbrich dir über Perpetos Gesetze nicht den Kopf. Solange es sie gibt, müssen Querköpfe wie du gezüchtigt werden. Das ist nicht nur in Rádor so, sondern an jedem Ort und in der ganzen Welt. Manche Dinge ändern sich nie, und das ist gut so.«

Jim war fassungslos. Die Anschuldigungen des Fettwanstes

waren doch ein Witz. Sie klangen für ihn wie einstudiert. Wie schon tausendmal durchgekaut.

Kräftige, gepanzerte Hände griffen nach Jims Oberarmen.

»Wartet!«, hielt Lamento die Soldaten zurück. Er beugte sich wieder auf seinem Thron vor, kniff abermals das Auge zu, rieb sich das speckige Kinn und sagte bedächtig: »Ich könnte dich allerdings als Narren gebrauchen. Zu unserer Belustigung taugst du, wie mir scheint, ganz gut. Hier hättest du es gut. Du bekommst in der Stadt dein eigenes Haus und kannst dich immer satt essen – außer donnerstags. Wie wär's?«

Jim traute seinen Ohren nicht. Erst musste er sich von diesem eitlen Pfau beleidigen lassen, und jetzt sollte er für ihn auch noch den Narren spielen! Anstatt seinen Hals aus der Schlinge zu ziehen, straffte er den Rücken, drückte die Brust heraus und antwortete: »Vielen Dank, aber ich habe andere Pläne.«

Lamento III. lehnte sich mit finsterer Miene in seinen Thron zurück. »Die Pläne machst hier nicht du, Barde Jim. Für mich warst, bist und bleibst du ein Narr.« Er wedelte mit der Hand in Richtung der Wachen. »Übergebt ihn dem Folterknecht, damit er ihm das Zeichen aufbrenne.«

Der Narr

Rádor (Rád), 1. Tag

Die weitläufigen Kerkerfluchten unter dem Palast Lamentos waren von überwältigender Trostlosigkeit. Im Klammergriff der zwei Gardisten wurde Jim durch endlose Gänge geschleift, die alle gleich öde aussahen: nackte, feuchtkalte Steinwände, unruhig flackernde Fackeln, schmutziger Lehmboden, umherhuschende Ratten. Hinzu kamen ein betäubender Gestank und die Schreie anderer armer Seelen. Es klang, als sei eine ganze Räuberbande hier unten gefangen.

Nach einer kleinen Ewigkeit stießen die Wachen eine Holztür mit Gitterfenster auf und den Gefangenen in die dahinter befindliche Kammer hinein. Sie war keinen Deut gemütlicher als die Gänge draußen: kahle Steine, wohin das Auge blickte. Die Einrichtungsgegenstände ließen über den Hauptzweck des Gelasses kaum Zweifel aufkommen. Jim entdeckte Folterinstrumente in erstaunlicher Vielfalt und neben einem Kohlebecken einen Hünen mit Lederwams und einer Zipfelmütze, die ihm bis zu den nackten Schultern reichte. Aus Sehschlitzen blickten dem Ankömmling erwartungsvoll zwei violette Augen entgegen.

»Hetzer, Verräter, Rebell …?«, leierte der Folterknecht eine Aufzählung herunter, deren Länge Jim nur erahnen konnte, denn ehe sie zu Ende war, meldete sich einer der Leibgardisten zu Wort.

»Narr.«

»Ah, das wiederholt sich nur alle Jahre mal«, freute sich der Folterknecht.

»Genauer gesagt: ein singender Spaßmacher«, präzisierte der Gardist.

»Beim Feuer der Hölle!«, staunte der Nacktarmige. »Das ist mal was Außergewöhnliches. Den letzten Bardennarr hat noch mein Vorgänger gebraten. Wartet einen Moment.«

Zitternd vor Angst sah Jim den Hünen ein Arsenal von Eisenstäben durchsuchen, die säuberlich aufgereiht an der Wand hingen. Dabei murmelte er unablässig vor sich hin: »Hetzer, Verräter, Rebell, Saboteur … Na, wo haben wir es denn, das Stempelchen für Querdenker, Erfinder, Abenteurer …? Ach, da versteckt sich *jarr*, der kleine *Narr!*« Er bückte sich nach einem Stab, der in den Sägespänen auf dem Boden lag, hob ihn auf und stieß das Ende in die glühenden Kohlen.

»Willst du widerrufen?«, fragte er den Verurteilten routinemäßig.

»Wider...? Was ...?«

»Dachte ich mir. Ihr Querulanten seid doch alle gleich.«

»Bitte«, bettelte Jim. Er wand sich im Griff der Soldaten, die gaben seinem Ziehen und Zerren aber um keinen Zoll nach. »Das ist ein Missverständnis, Herr Folterknecht ...«

»Mein Name ist Schikan.«

»Eigentlich sollte ich gar nicht hier sein, Herr Schikan.«

»Hättest du dir früher überlegen müssen. Aber ihr Querulanten seid sowieso alle gleich.«

Jim versuchte es weiter mit vernünftigen Argumenten. »Eigentlich könnt Ihr Euch die Mühe sparen. Ihr seid nämlich gar nicht echt, sondern nur ein Schnipselchen in einem Traum.«

»Du wirst gleich merken, wie sich das Schnipselchen von einem *Albtraum* anfühlt«, knurrte der Folterknecht. »Und dann schreist du wie deine Vorgänger. Auch darin seid ihr Querulanten alle gleich.«

Mit aller Kraft stemmte sich Jim gegen Lamentos Schergen an, doch es nützte nichts. Als das Eisen am Ende des Stabes blassrot glühte, zog Schikan es aus den Kohlen und befahl den Helfern: »Legt seine rechte Hand auf den Amboss.«

Jim schrie schon, bevor das Brandeisen ihn berührt hatte. Was darauf folgte, lässt sich nur unvollkommen in Worte fassen. Sein Handrücken schien in Flammen aufzugehen, der

Schmerz raste den Arm hinauf und setzte, so fühlte es sich an, den ganzen Körper in Brand. Jim brüllte wie am Spieß. Dann überwältigte ihn die feurige Pein und sein Geist versank in Dunkelheit.

Ein leises Fiepen drang an Jims Ohr, nicht zum ersten Mal. Er achtete kaum darauf. Auf dem Rücken liegend, widmete er sich ganz dem Schmerz. Sein Leib schien nur noch aus Hand zu bestehen. Und aus verbrannter Haut, die ihm unsägliche Qualen zufügte.

Wenig später piepste es abermals in seiner Nähe.

Ächzend ließ er den Kopf zur Seite kippen und öffnete die schweren Lider. Flackerndes Fackellicht stach ihm in die Augen. Er sah gerade noch links von sich den Schwanz einer Ratte in einem Mauerloch verschwinden.

Unter Stöhnen richtete er sich zum Sitzen auf. Man hatte ihn auf den Boden einer kahlen Zelle geworfen, drei mal zwei Schritte groß. Nicht einmal einen Strohsack, geschweige denn eine Pritsche oder einen Stuhl gab es hier. Nur feuchte, klumpige Sägespäne, eine schwere Holztür mit vergittertem Fenster …

Und die Ratte.

Gerade war sie erneut in einem Mauerspalt rechts von Jim erschienen, flitzte durch das Gelass, fiepte einmal und verschwand im linken Loch.

Vor der Zellentür klapperten Schlüssel und eine tiefe

Stimme sang: »Hört, ihr Dummen, lasst euch sagen: Unsre Glock hat acht geschlagen …«

Jim wagte einen kurzen Blick auf seine Hand. Darauf prangte ein feuerrotes Brandmal. Es war ein halber, nach unten offener Kreis: das Narrenzeichen von Rád.

Nachdem er genügend Kraft gesammelt hatte, unterzog er die Zelle einer gründlichen Inspektion. Es kam ihm so vor, als sei er in die Haut von Edmond Dantès geschlüpft, der Titelfigur aus dem Abenteuerroman *Der Graf von Monte Christo*. Auch der junge Seemann war zu Unrecht eingesperrt worden. Alexandre Dumas, der Verfasser des Romans, hatte seinen Helden nach vierzehn Jahren durch einen Tunnel aus dem berüchtigten Gefängnis Château d'If entkommen lassen. Vielleicht ließ sich dergleichen ja auch hier bewerkstelligen – und zwar ohne die lange Wartezeit. Vor allem die Löcher der Ratte, die ungefähr im Minutentakt durch die Zelle tippelte, untersuchte Jim sehr genau. Stein für Stein, Ritze für Ritze und Fuge für Fuge tastete und klopfte er das Mauerwerk ab.

Darüber verstrich eine Menge Zeit. Zweimal hörte er draußen das Klappern von Schlüsseln und den Singsang des Kerkermeisters: »Hört, ihr Dummen, lasst euch sagen: Unsre Glock hat acht geschlagen.« Wohlgemerkt. Es wurde nicht neun und auch nicht zehn. Im Stadtgefängnis von Rádor – oder gar in der ganzen Welt? – blieb es immer acht Uhr.

Das Mauerwerk war erschreckend solide. So lautete Jims abschließendes Urteil nach einer etwa dreistündigen Inspektion. Nirgends hatte sich eine poröse Stelle finden lassen, die sich als Ausgangspunkt für eine Grabung angeboten hätte. Wenn überhaupt, dann würde ihm der Ausbruch wohl erst nach langen Mühen gelingen. Brendan, der Navigator, war immerhin sieben Jahre auf dem Meer der Träume unterwegs gewesen. Und der spätere Graf von Monte Christo hatte sogar doppelt so lange in Festungshaft gesessen.

Als die Leier des Stundenwächters zum vierten Mal erklang, gab es überraschenderweise eine Änderung im Ablauf. Zunächst war wieder das Klimpern der Schlüssel zu hören. Darauf das: »Hört, ihr Dummen, lasst euch sagen ...« Dann drang plötzlich von draußen ein Rascheln und Ächzen in die Zelle, gefolgt von einem dumpfen *Plopp*! Danach spottete eine fremde tiefe Stimme: »Barbarus hat grad' den Knecht geschlagen.«

Im nächsten Moment klapperte es am Schloss und die Tür flog auf. Ehe Jim die Situation noch recht begriffen hatte, huschte unter seinen Beinen ein schwarz-weiß-hellbraun gestreifter Pelz hindurch, hinter ihm erklang ein lautes Fiepen und vor ihm sagte ein verschmitzt grinsendes, dünnes Männlein mit buntem Kostüm, spitzer Mütze, spitzem Ziegenbart und ebenso spitzen Ohren: »Je später der Abend, desto derber die Gäste.«

Jim blinzelte benommen. »Wer bist denn du?«

»Barbarus, der Narr.« Er hob die Rechte und präsentierte seinen Handrücken, auf dem sich eine Narbe befand, der gleiche Halbkreis, den man gerade bei Jim eingebrannt hatte. »Morios wandelnder Flickenteppich berichtete mir, dass die Stadtwache dich aufgegriffen hat. Ich dachte mir schon, dass sie dich in dieses Loch stecken – bei mir war's damals genauso gewesen. Wenn du hier nicht verfaulen willst, wäre jetzt ein guter Zeitpunkt, sich aus dem Staub zu machen.«

Verdutzt blickte sich Jim zu der Katze um. In ihrem Maul hing die Ratte. Rasch ließ Morika den toten Nager fallen und maunzte schuldbewusst: »Die Macht der Gewohnheit.«

»Verdünnisieren wir uns. Der Kerkerknecht wird nicht ewig schlafen«, drängte Barbarus zum Aufbruch.

Augenscheinlich kannte sich das Männchen im Narrenkostüm bestens im Stadtpalast von Rádor aus. Es führte Jim und die Katze durch geheime Gänge, Türen und Tunnel nach oben zurück. Genauer gesagt in einen Weinkeller. Von dort ging es über einen Hinterausgang in eine schmale Gasse.

Nach einem etwa zehnminütigen Fußmarsch betraten sie ein gemütliches Fachwerkhaus. Von innen sah es allerdings eher wie ein Beduinenzelt aus: Überall lagen dicke Teppiche und bunte Polster. Barbarus nannte es *Lailas Traum*.

»Ist Laila der Name deiner Frau?«, fragte Jim.

»Nein, der Name meiner Welt.«

»Dann bist du der Außenweltler, den Morika um Proviant bitten wollte?«

»Und ein alter Freund Morios. Gelegentlich besuche ich den Hüter der Quelle heimlich am See. Doch jetzt setz dich erst einmal. Ich werde deine Wunde säubern, meine Blitzheil-Wundersalbe drauftun und die Hand verbinden. Danach bekommst du etwas zu essen, das dich richtig satt macht. Was hältst du davon?«

Jim lächelte selig. »Sehr viel!«

Einige Zeit später fühlte sich Jim wie ein neuer Mensch. Seine Brandverletzung war versorgt und er hatte sich den Bauch mit einem deftigen Fleisch-Gemüse-Eintopf vollgeschlagen. Nun lag er faul wie eine Kröte in farbigen Kissen und lauschte den Erzählungen seines Gastgebers. Neben ihm hechelte Morika, die es sich ebenfalls hatte schmecken lassen.

»Mir ist die Tugend der ewigen Wiederholung ziemlich schnurz«, erklärte Barbarus gerade. »Ich kam aus Laila nach Rád, um Perpeto vom Thron zu schubsen. Leider bin ich wie manch anderer hier hängen geblieben und der Schultheiß brannte auch mir sein Zeichen ein. Mit dem glühenden Eisen hat er mich zum Spaßvogel abgestempelt, und die nimmt hier niemand ernst. Man darf nicht mal die Stadt verlassen. Als Narr hat man gegen einen König einfach keine Chance.«

»Wenn ich mich damit abfinde, komme ich nie wieder weg von hier«, sagte Jim, während er nachdenklich den weißen Verband an seiner Hand betrachtete.

»Erst einmal müssen wir unbemerkt die Stadt verlassen«, gab Morika zu bedenken.

»Unbemerkt und schnell«, bekräftigte Jim.

»Das trifft sich gut. Morgen ist Donnerstag«, sagte Barbarus.

Seine Gäste sahen ihn fragend an.

Das spitze Kinn des Lailaniers zuckte vor diebischem Vergnügen. »Das ist eine für Außenweltler ziemlich komplizierte Geschichte. Ich will euch damit vorerst verschonen, damit ihr nicht beunruhigt werdet. Schlaft euch bei mir erst einmal gründlich aus.«

»Und dann?«, fragte Jim.

»Dann bringe ich euch in den Kerker zurück.«

Die Räuberbande

Rádor (Rád), 2. Tag

In Rád schien die Zeit auf der Stelle zu treten. Nie wurde es Tag und nie brach die Nacht herein. Das Zwielicht war Perpetos treuester Diener gewesen. Doch mit dem langsamen Versiegen der Erleuchtungsquelle wurde es schwächer. Langsam nur, aber stetig.

Natürlich verharrte die Zeit hier nicht wirklich auf dem Fleck, auch wenn die Dämmerungswächter noch so oft verkündeten, es habe acht Uhr geschlagen. Sie drehte sich nur im Kreis. So wie das riesige Spinnrad auf dem großen Platz von Rádor. Mit dieser Apparatur wurde sie hier seit Ewigkeiten gemessen: Zwölf Umdrehungen ergaben eine Stunde – von acht bis acht.

Als Jim und Morika von Barbarus geweckt wurden, hatte sich das große Rad ungefähr fünfzigmal um die eigene Achse gedreht. Der Lailanier gab ihnen Proviant für etwa eine Woche, alles fein säuberlich in einem Rucksack verpackt. Danach führte er sie in den Kerker zurück.

»Ich kann nicht glauben, dass ich das tue«, haderte Jim mit sich selbst, als er wieder ins Labyrinth unter den Stadtpalast stieg.

»Vertraue Barbarus einfach. Er und Morio haben sich schon oft geholfen«, beruhigte ihn Morika.

»Weißt du, was er sich dabei denkt?«

»Nein. Aber ich ahne es.«

»Wie wär's mit einem kleinen Hinweis?«

»Lieber nicht. Du würdest vermutlich auf dem Hacken kehrtmachen und davonlaufen.«

Etwas später machte Barbarus vor einer Zelle halt, aus der lautes Gemurmel drang. Er hatte noch die Schlüssel des Kerkerknechts und schloss damit die Tür auf. Sobald diese geöffnet war, rief er wie ein Marktschreier: »Seid mir gegrüßt, Kameraden. Es ist Donnerstaaaag.«

Jim traute seinen Augen nicht. »Du kennst die Leute?«

»Klar doch«, antwortete Barbarus. »Sie sind jede Woche hier. Der lange Kerl da ist Greifer, der Räuberhauptmann.«

Ebendieser kam an die Tür. Er war ein hagerer Kerl mit Augenbinde, wildem schwarzem Bart, ebenso wilden Haaren und einem noch wilderen Blick. Dem grünlichen Leuchten seiner Haut nach gehörte er dem Volk der Rádlinge an. Die zerschlissene Kleidung deutete auf einen eher mittelmäßig erfolgreichen Räuber hin. »Was soll das, Barbarus? Unser Ausbruch ist erst in vier Stunden vorgesehen.«

Das spitze Kinn des Lailaniers zuckte. »Du weißt ja, wir Außenweltler bringen immer alles durcheinander. Verzeih die Planänderung, aber ihr müsst mir einen Gefallen tun.«

Greifer deutete auf Jim. »Hat es mit dem da zu tun?«

»Ja. Er ist gekommen, um dem ›geliebten Stetigen Vater‹ in die Speichen zu greifen.«

»Oha! Dann ist er entweder ziemlich mutig oder ziemlich dumm. Sei's drum. Ich bin dir noch was schuldig, du alte Lailahaut. Wegen mir kann der Bursche mitkommen.«

Der Ausbruch von Greifer, seinen vierzig Räubern, dem Jungen und der Katze vollzog sich recht unspektakulär. Offenbar hatte die Bande sich schon so oft durch das Labyrinth der Gänge nach oben gestohlen, dass die Flucht sie schon lange nicht mehr in Aufregung versetzte.

»Warum tragt ihr alle eine Augenbinde?«, erkundigte sich Jim unterwegs. Die Frage beschäftigte ihn, seit er die Halunken hatte aus der Zelle marschieren sehen. Inzwischen waren sie bei der Speisekammer des Schultheißen angelangt, die dringender Plünderung bedurfte.

Der Anführer zuckte die Achseln. Während er die Arbeit seiner Kumpane überwachte – sie luden routiniert sämtliche Vorräte auf, die sie tragen konnten –, antwortete er: »Hat sich so ergeben.«

»Rein zufällig?«

»Es gibt keinen Zufall.«

»Ich dachte, nur Piraten tragen Augenbinden.«

»Sicher, aber auf der anderen Seite.«

Jim wurde nicht schlau aus den seltsamen Antworten des Mannes und wechselte das Thema. »Wieso stellt sich euch während der Flucht eigentlich niemand in den Weg?«

Greifer schob die Unterlippe vor und überlegte einen Moment. »Ich glaube, Lamento hat es verboten. Dann käme sein ganzer Ablauf durcheinander. Alles muss seine Ordnung haben.«

Wenig später schleppten die Räuber ihre Beute durch rädlingleere Gassen zu einer kleinen Pforte in der Stadtmauer. Greifer warf einem der Torwächter eine Münze zu. Der Posten fing sie auf, als habe er das schon Hunderte von Malen getan, und schloss ihnen die Tür auf.

»Wo habt ihr euer Versteck?«, fragte Jim den Räuberhauptmann. Die Bande war inzwischen nach draußen geschlüpft.

»Am Rande des Klippenhangs. Im Verliermichnicht.«

»Klingt wie der Name eines Irrgartens.«

»Gar nicht schlecht geraten. Der Verliermichnicht ist ein Wald. Es heißt, dass niemand ihn durchqueren könne, den Perpeto nicht zu sich gerufen habe.«

»Und wenn es trotzdem einer versucht?«

»Dann verliert er sich. Er irrt bis ans Ende seiner Tage darin umher.«

Jim hatte plötzlich das Gefühl, ein Kloß stecke in seinem Hals.

»Keine Sorge«, sagte Greifer. »Wenn man sich nur darin versteckt, dann ist der Verliermichnicht ganz harmlos.«

»Dummschwätzer«, zischte Morika von unten.

»Was hast du gesagt?«

»*Miau!*«

Auf dem Weg in den Verliermichnicht erklärte Greifer seinen Begleitern den Wochenplan, den sie peinlich genau beachteten: Die wilde Meute sah es als ihre Aufgabe an, die Stadtkasse von Rádor auszurauben. Das tat sie jede Woche am Montag. Dienstag wurden sie von der Stadtwache verfolgt. Am Mittwoch jagte selbige ihnen den Schatz wieder ab und steckte die Räuber ins Gefängnis. Am Donnerstag brachen diese dann wieder aus und plünderten auf der Flucht die Speisekammer und den Weinkeller des Schultheißen. Freitags feierten sie ein Fest im Wald. Samstags schliefen alle ihren Rausch aus. Sonntags wurde der nächste Einbruch geplant. Und dann war wieder Montag und die Stadtkasse wurde erneut geräubert.

»Das ist irre«, sagte Jim.

»Besser als ewig mit den Schlüsseln zu klappern und zu rufen, es habe acht geschlagen«, knurrte Greifer sichtlich gereizt.

»Stimmt auch wieder.«

Das violette Auge des Räuberhauptmanns verengte sich zu

einem Schlitz. »So einen wie dich mit ordentlich Mumm in den Knochen könnten wir bei uns gut gebrauchen.«

»Danke, aber das ist mir zu eintönig. Ohne Abwechslung macht das Leben doch keinen Spaß.«

Mit seiner leichtfertigen Antwort hatte Jim bei Greifer offenbar einen empfindlichen Nerv getroffen, denn dieser geriet überraschend heftig in Rage. Sein sonst so bleiches Gesicht glühte mit einem Mal blassrot und er schrie mit schriller, sich überschlagender Stimme: »Abwechslung? Wozu brauchst du denn Abwechslung? Alle hier tun Woche für Woche das Gleiche und niemand beschwert sich darüber. Sogar der Schultheiß fastet klaglos jeden Donnerstag nach unserem Besuch in seiner Speisekammer. Du glaubst wohl, als Einziger die Weisheit mit Löffeln gefressen zu haben und es besser zu wissen?«

»Er ist Ritter Jim von Sinnenwelt«, sprang Morika ihrem Gefährten zur Seite.

»Ritter Jim!«, schnaubte Greifer. »Dass ich nicht lache! Er ist ein lumpiger Versager wie alle anderen Außenweltler ...«

Der Verliermichnicht war ein feuchtwarmer Urwald mit alten Baumriesen, Schlingpflanzen und wabernden Nebeln. Aus allen Richtungen drangen Stimmen durch das üppige Blätterwerk, die Schreie von Vögeln, Affen und was hier sonst noch so alles kreuchte und fleuchte. Wie schon im Wisperwald hielt auch hier jeder streng seinen eigenen Takt. Je länger Jim diesem großen Konzert lauschte, desto vorhersagbarer waren die einzelnen Laute. Der Wald glich einer riesigen Spieluhr, deren vordergründige Vielfalt bald in ermüdende Monotonie umschlug.

»... und wenn du nicht mit uns gehst, wirst du jämmerlich verhungern«, sagte mit einem Mal der Räuberhauptmann. Er hatte Jim auf dem Marsch in schier endlosen Wiederholungen seine Weltsicht erläutert.

»Barbarus hat uns mit Proviant versorgt.«

»Der gehört ab sofort uns.«

»Was?«, japste Jim. »Er hat euch aus dem Gefängnis ...«

»Wir wären auch ohne ihn freigekommen. Irgendjemand hätte uns schon rausgeholt. Nur ein bisschen später«, wischte Greifer den Einwand beiseite.

»Aber ich muss in den Tränenpalast.«

»Da kommst du sowieso nie hin. Vorher macht das Messertor Hackfleisch aus dir.«

»Das Messer...?« Jim sah erschrocken zu Morika runter. »Davon hast du mir gar nichts erzählt.«

Nach einem langen Blick aus ihren honiggelben Augen antwortete sie: »Und? Geht es dir jetzt besser, wo du von dem Tor weißt? Es hat schon seinen Grund, weshalb ich dich nur ein Stück begleiten wollte.«

»Wir müssen dich vor dir selbst beschützen«, erklärte Greifer großspurig. »Während wir morgen feiern und übermorgen schlafen, kannst du in dich gehen. Vielleicht schließt du dich uns dann am Sonntag an.«

Greifer winkte zwei große Räuber herbei, die Jim unter die Achseln griffen und ihn kurzerhand hochhoben. Ein anderer versuchte Morika zu packen, handelte sich damit aber nur vier blutige Striemen unter dem unverhüllten Auge ein. Die Katze verschwand im Unterholz. Der Strauchdieb wollte ihr nachsetzen, doch Greifer hielt ihn zurück.

»Lass gut sein, Klemm. Sie taucht wieder auf, sobald ihr der Magen knurrt.«

Jim wurde in einen hohlen Baum gestoßen, davor bezogen zwei Räuber Posten. Er ließ sich auf das Laub sinken, das sich in dem Hohlraum angesammelt hatte, und schüttelte mutlos den Kopf. »Na, prima! Da bin ich wohl vom Regen in die Traufe gekommen.«

Das Schnarchen im Räuberlager war so gleichförmig wie all die anderen Laute im Verliermichnicht. Man hätte glauben können, die Halunken wollten den ganzen Wald absägen. Nur Klemm und Sierk, Jims Bewacher, schliefen nicht. Er selbst saß im Schneidersitz auf dem Boden und lauschte ihren Stimmen in der Hoffnung, dass auch sie irgendwann müde würden und einnickten. Bisher allerdings hielten sie sich mit Erfolg wach.

Klemm erzählte nämlich Witze. Genauer gesagt nur *einen* Witz, den aber wiederholte er immer wieder. Und jedes Mal

schüttete sich Sierk regelrecht aus vor Lachen. Als er gerade erneut losprustete, fiel plötzlich von oben etwas Schweres auf Jim herab. Er spürte spitze Nadeln, die sich jäh in seine Schulter und Brust bohrten. Hätte er gekonnt, wäre er in panisches Gebrüll ausgebrochen, aber ein bunter Pelz umwogte sein Gesicht und raubte ihm schier den Atem.

»'tschuldige, das war eigentlich anders geplant gewesen«, hörte er unvermittelt Morikas Stimme direkt neben seinem Ohr.

»Wie bist du ...?«

»Alles Gute kommt von oben«, mauzte die Katze.

Jim blickte den hohlen Stamm hinauf, sah aber nichts als Dunkelheit. »Du meinst ...?«

»Ja. Das Loch ist für uns beide groß genug. Du musst mich das erste Stück tragen, weil ich hier unten keinen Halt finde. Neben dir liegt übrigens ein Messer, das mir heruntergefallen ist. Ich hab's einem der schlafenden Räuber abgenommen. Du kannst es ins Holz bohren und draufsteigen. Ein

Stückchen weiter oben sind dann genug Griffe, um weiterzuklettern.«

Jim hob das Messer auf und zog es aus der Lederscheide. Es war ein großer kostbarer Dolch mit einer Riemenschlaufe am Griff – vermutlich ein Beutestück aus dem Stadtpalast von Rádor. »Warten wir, bis Sierk lacht«, flüsterte er.

Als Klemm den Witz zu Ende erzählt hatte und sein Kumpan wieder losbrüllte, hieb Jim das Messer tief ins morsche Holz und stieg samt Katze auf den Griff. Der Balanceakt erwies sich als ziemlich unangenehm, weil Jim ja immer noch barfuß war. Während er mit ausgestreckten Händen weiter oben nach einem Halt suchte, drückte ihm der Griff bald schmerzhaft in die Sohle und er kam ordentlich ins Schwitzen. »Schon mal daran gedacht, abzuspecken?«, keuchte er.

»Ich mach mich schon so leicht wie möglich. Versuch's mal ein Stück weiter links.«

Jim reckte sich. Er hatte das Gefühl, sich selbst den Arm auszureißen. Plötzlich fand er einen Vorsprung, an dem er sich festklammern konnte. Als er sich und die Katze daran hochziehen wollte, bekam er den Fuß nicht mehr los. »Das gibt's doch nicht!«

»Was ist?«, fragte Morika.

»Mein Fuß hat sich in der Schlaufe verfangen.«

»Streng dich gefälligst an.«

»Was meinst du, was ich tue?«, stöhnte Jim. Derweil er das

in der Lederschlinge hängende Bein hin und her bewegte, murrte er: »Die hat gut reden. Lässt sich von mir tragen und gibt noch kluge Ratschläge ...«

Mit einem Mal war sein Fuß frei. Durch das Rütteln am Riemen hatte er den Dolch aus dem Holz gezogen. Ächzend zog er sich samt Katze nach oben. Dabei leisteten ihm ein paar kleine Erhebungen, auf die er seine großen Zehen stützen konnte, wertvolle Hilfe.

Weiter oben wurde das Loch im Stamm schmaler. So konnte Jim sich mit Rücken und Fußsohlen an den Wänden abstützen und nach Atem schöpfen.

Morika fand nun genügend Vorsprünge, um selbstständig weiterzuklettern. »Keine Müdigkeit vorschützen«, feuerte sie ihren Freund aus der dunklen Röhre an. »Wenn die Wachen merken, dass du verschwunden bist, werden sie Alarm schlagen.«

Jim stöhnte leise, gehorchte aber. Tritt für Tritt kämpfte er sich weiter nach oben bis zu einem Loch in der Außenwand des Stammes. »Ich komme mir vor wie ein Eichhörnchen«, keuchte er.

»Für die Kletterkünstlerin von Felidas ist das eine der leichteren Übungen. Wart nur ab, es wird noch besser!«

Jim kletterte auf einen dicken Ast. Als er in die Tiefe blickte, musste er einen Moment lang gegen den Schwindel ankämpfen. »Himmel, ist das hoch!«

»Wenn du auf dem Ast entlangläufst, kannst du auf den benachbarten Baum überwechseln. Es ist ein richtiger Wipfelpfad. Ich führe dich zum Rand des Lagers, wo sie unseren Proviant abgelegt haben.«

Bang blickte Jim nach unten. »Hast du eben *laufen* gesagt?«

»Du kannst es auch wie die Raupen machen. Ich dachte nur, das sei unter der Würde eines Ritters.«

Jim machte es wie die Raupen. Er zog sich bäuchlings über den Ast, krabbelte bisweilen auch auf allen vieren bis zu der Stelle, wo sich dieser mit einem anderen kreuzte. Dort wechselte er zum nächsten Baum und so ging es eine ganze Weile in schwindelerregender Höhe weiter. Von unten erklang pausenlos das Schnarchkonzert, nur unterbrochen durch Sieks regelmäßiges Lachen.

Am Rand des Lagers hangelte sich Jim endlich zum Boden hinab. Wie von Morika angekündigt, fand er im Wurzelwerk des Baumes den Proviant. Er schwang sich den Rucksack über die Schulter und verschwand mit seiner gelbäugigen Führerin lautlos im Wald.

Das Messertor

Klippenhang (Rád), 3. Tag

Ohne die Katze hätte Jim nie aus dem Verliermichnicht herausgefunden. Das wuchernde Blassgrün bot dem Auge keinerlei Orientierungspunkte. Ständig beschlich ihn das Gefühl, an dieser Lichtung oder jenem Wildwechsel schon einmal vorbeigekommen zu sein. Die von den Tieren geschaffenen Pfade seien so trügerisch wie Wege in einem Irrgarten, hatte Morika gewarnt. Glücklicherweise unterschieden sich ihre Sinne von jenen der Waldbewohner kaum, weshalb ihr die Durchquerung des Verliermichnicht auch schon früher einmal gelungen sei.

»Wie spät es wohl ist?«, murmelte Jim, als sie endlich auf einen Hang aus Wiesen und robusten kleinen Büschen hinaustraten.

»Acht Uhr«, antwortete Morika vielsinnig.

»Sehr witzig. Ich mache mir Sorgen um den See. Wir haben viel Zeit verloren.«

»Ja, du hast dich schon zweimal gefangen nehmen lassen. Pass bloß auf, dass es dir nicht zur schlechten Angewohnheit wird! Schon mancher Außenweltler hatte sich im großen Rad der Wiederholung verfangen, ehe er es bemerkte.«

Einige Stunden lang kamen sie gut voran. Sie marschierten die Große Klippe in raumgreifenden Windungen stetig bergauf. Dabei erwies sich die Landschaft als erstaunlich abwechslungsreich. Wanderten die zwei eben noch über ein Heidefeld, konnte hinter der nächsten Biegung schon eine blassbunte Bergwiese oder eine Kakteensteppe liegen. Manchmal mussten sie sich zwischen Büschen hindurchzwängen oder Bäche überqueren. Als Jim sich verwundert über die Vielfalt der Natur äußerte, schnaubte Morika verächtlich. Alles nur Blendwerk, eine bunte Theaterkulisse erklärte sie. Perpeto täusche so seine Untertanen, um sie bei Laune zu halten.

Lange gab es keine nennenswerten Schwierigkeiten. Dann aber verengte sich der Weg, bis er nur noch ein schmaler Grat an einer fast senkrechten Felswand war. Sie strebte rechts steil nach oben und fiel links ebenso jäh in die Tiefe ab. Eisige Fallwinde bliesen den Wanderern ins Gesicht. Morika wurde immer unruhiger.

»Was ist los mit dir? Ist die Kletterkünstlerin von Felidas denn nicht schwindelfrei?«, scherzte Jim.

»Wenn es nur daran läge! Bald erreichen wir die Stelle, an der ich zuletzt umkehren musste.«

»Das Messertor?«, fragte er bang. Er erinnerte sich noch gut daran, was Greifer darüber gesagt hatte.

»Ja«, maunzte Morika verdrießlich.

»Ich finde, du hättest mir davon erzählen müssen.«

»Damit du meine Fehler wiederholst? Nein, mein Lieber. Jeder musste seinen Weg selbst finden.«

»Du hast mich auch durch den Verliermichnicht geführt.«

»Zwischen Führer und Anführer besteht ein großer Unterschied. Das Ziel unserer Reise hast *du* bestimmt, Ritter Jim von Sinnenwelt. Aber solltest du jemanden brauchen, der dir die richtigen Fragen stellt, dann bin ich gerne für dich da.«

Grummelnd stapfte Jim weiter über den schmalen Pfad. Antworten wären ihm lieber als immer neue Fragen.

Nach einer Weile umrundeten sie einen Felsvorsprung, und plötzlich sah Jim, was seiner Begleiterin solches Unbehagen bereitete.

Das Messertor.

Oder lag es doch eher an dem Hund?, fragte er sich. Rechts davor war nämlich eine Bulldogge angekettet; beide, Tier und Fessel, bestanden aus grauem Granit. Neben der Figur ragte steil die moosüberwucherte Felswand empor. Unwillkürlich verlangsamten sich Jims Schritte, während er auf das Hindernis zuging. Es flößte ihm Furcht ein. Sein Herz hämmerte wie wild.

Das schwarze Tor hatte die Form eines Halbkreises und nahm die gesamte Breite des Weges ein. Es bestand aus matt schimmerndem Basalt. Auf dem Torbogen war eine Reihe von Köpfen eingemeißelt, die Gesichter in unterschiedlichem Alter zeigten: Links unten, wo der Hang steil in eine Schlucht abfiel, sah Jim ein speckiges Babyantlitz, den oberen Schlussstein zierte eine spitze, hässliche, warzenübersäte, verschrumpelte Greisenfratze und nach rechts unten wurden die Visagen wieder jünger. Plötzlich blieb sein Blick an einem fast noch kindlichen Antlitz hängen. Jim erschauerte.

Das steinerne Konterfei sah aus, als sei es ihm selbst aus dem Gesicht geschnitten.

Verstört wandte er sich dem »Innenleben« des Bauwerks zu, dem es offenkundig seinen Namen verdankte. Anstelle hölzerner oder schmiedeeiserner Türflügel versperrte eine bizarre Apparatur aus beweglichen Messern den Durchgang: Rechts drehten sich mehrere übereinander montierte Lagen von Sicheln und links gegenüber zuckten gerade Klingen scheinbar willkürlich aus der Basaltumfassung hervor.

Je länger Jim die stechenden und rotierenden Messer anstarrte, desto mulmiger wurde ihm. Vermutlich hatte schon so mancher bei dem Versuch, das Tor zu durchqueren, buchstäblich den Kopf verloren. Er blieb auf Höhe der steinernen Bulldogge stehen. An den Waden spürte er Morikas zitternden Körper. Die Katze fauchte die Hundefigur an.

»Sag bloß, du hast vor dem Kläffer Angst?«, spöttelte Jim.

»Nenne mir einen guten Grund, ihn nicht zu fürchten«, erwiderte sie.

»Er ist aus Stein.«

»Ich hatte nach einem *guten* Grund gefragt.«

Unvermittelt vernahm er ein tiefes Knurren. In seinem Nacken richteten sich sämtliche Härchen auf. Als er sich wieder der Figur zuwandte, durchlief ihn ein Schauer. Zäher Geifer tropfte aus dem Maul des Hundes.

»Angenommen, dieser sabbernde Steinklops könnte nach dir schnappen, was würdest du dann tun?«, fragte Morika.

Die Antwort lag für Jim auf der Hand. Er bückte sich blitzschnell, griff sich die Katze und trat den Rückzug an.

Keinen Moment zu früh, denn schon sprang der Hund mit weit aufgerissenem Maul auf die beiden zu. Seine mächtigen Fänge klappten kurz vor Jims Nasenspitze geräuschvoll zusammen. Schleimiger Geifer spritzte ihm ins Gesicht.

»Gute Entscheidung«, lobte Morika ihren Freund. »Wäre die Kette nicht gewesen, hätte er dir den Kopf abgebissen.«

»Und dich als Ganzes verschluckt«, brummte Jim missmutig. »Das nächste Mal stellst du deine Frage gefälligst etwas früher.«

Was sollte er jetzt tun? Die Bulldogge stand genau zwischen ihnen und dem Tor.

Morika reckte das Kinn nach oben. »Vielleicht kannst du nun verstehen, warum mein heldenhafter Feldzug hier ein jähes Ende fand. Katz und Hund, das ist wie Feuer und Wasser.«

Er zweifelte, ob dies der wahre oder zumindest der alleinige Grund für ihr Scheitern gewesen war. Behutsam setzte er sie auf den Boden zurück. »Angenommen du wärst ein Zweibeiner. Wüsstest du dann einen Weg durch dieses Tor?«

»Nicht in einem Stück.«

In sicherem Abstand zu dem steinernen Wächter erörterten sie eine Weile verschiedene Möglichkeiten, auf die andere Seite des Tores zu gelangen. Doch was immer Jim auch vorschlug, Morika konterte jedes Mal mit einer wenig ermutigenden Frage. Dann sagt sie unvermittelt etwas, das ihn aufhorchen ließ.

»Wer könnte wohl über das Geheimnis des Messertores Bescheid wissen?«

Jim musterte aus engen Augen den Hund. Reglos wie eine Granitskulptur saß er vor den kreisenden und zuckenden Messern. Aus einem Impuls heraus fragte Jim die Figur: »Wie lautet dein Name?«

»Ich bin Stasis, der Torhüter«, antwortete die Bulldogge.

Überrascht sah Jim die Katze an – sie schien zu lächeln –, dann wandte er sich erneut an den Hund. »Hast du je einen durch das Tor gelassen, Stasis?«

»Alles wiederholt sich in Rád.«

Bedeutete das nun Ja oder Nein? Jim atmete tief durch. Wenigstens sprach der Torhüter mit ihm. Das war ein vielversprechender Anfang. »Wir würden gerne auf die andere Seite, Stasis.«

Ein tiefes Grollen drang aus der steinernen Kehle des Hundes. »Was immer ihr vorhabt, hier steht es auf Messers Schneide. Wenn ich euch vorbeilassen soll, müsst ihr erst das Rätsel des Tores lösen.«

»Und wie lautet dieses?«

»Das müsst ihr selbst herausfinden.«

Jim stöhnte leise. Er wandte sich wieder der Katze zu. »Ein Rätsel lösen, das ich nicht einmal kenne – das ist doch unmöglich. Du weißt nicht zufällig, wovon er spricht?«

»Ich rede nicht mit Hunden«, antwortete Morika verschnupft.

Er fixierte wieder die Bulldogge. »Wie wär's«, grübelte er laut, »mit den drei Dingen, die den Rádlingen am wichtigsten sind? ›Geheiligt sei das Perpetuum mobile, verehrt unser geliebter Herr Perpeto und lobgepriesen die Tugend der Wiederholung.‹«

»Kälter als kalt«, sagte Stasis.

»Es lebe der Stetige Vater?«

»Eiskalt.«

»Wie wäre es mit einer kleinen Hilfestellung?«

»Was immer Ihr vorhabt, hier steht es auf Messers Schneide.«

»Darf ich deine Antwort so deuten, dass ich mich für eine Seite des Tores entscheiden muss?«

»Entweder – oder«, bestätigte der Hüter.

Für Jim roch diese vage Antwort verdächtig nach einer Falle. Stasis konnte es schließlich egal sein, ob sie von Sicheln zerstückelt oder von Degenklingen aufgespießt wurden. »Heißt das: Entweder links oder rechts?«, hakte Jim nach.

»Entweder – oder.«

»Das gefällt mir nicht«, flüsterte er hinter vorgehaltener Hand.

»Hast du in Rád – abgesehen von uns Außenweltlern – schon irgendetwas gesehen, das nicht berechenbar wäre?«, erwiderte die Katze.

Sie hatte recht! Selbst die vermeintlich zufälligen Richtungswechsel der Stadtmauer von Rádor waren von einem zwar komplizierten, aber nachvollziehbaren Rhythmus bestimmt gewesen. Jims Blick wanderte wieder zum Tor. Täuschte es die Unvorhersehbarkeit seiner Streiche und Stiche nur vor ...?

Mit einem Mal fiel ihm etwas auf, das er wegen der schwarzen Farbe des Basalts vorher nicht bemerkt hatte. Da waren dunkle Flecken auf dem Torbogen.

Und zwar auf *beiden* Seiten.

War das Blut?

Das hieße, rechts und links brachten den Tod.

»Entweder man geht in das Tor und wird von den Messern zerstückelt oder man lässt es bleiben«, murmelte Jim. Eigentlich hatte er nur laut nachgedacht, doch überraschenderweise pflichtete ihm Stasis bei.

»Gratuliere. Ihr seid der Erste, der das Geheimnis des Messertores ergründet hat.« Der Hund stand auf, trottete zu seinem alten Platz am Tor zurück und setzte sich wieder.

Jim hob Morika vom Boden auf, kraulte nachdenklich ihren Nacken und flüsterte: »Soll das die Lösung des Rätsels sein, Samtpfote? Oder will er uns nur loswerden?«

»Frag mich etwas Leichteres. Vielleicht begreifst du jetzt, warum ich hier umgekehrt bin.«

»Allerdings. Von wegen ihr zwei seid wie Feuer und Wasser. Du wolltest dich von den Messern nur nicht zu Hundefutter verarbeiten lassen.«

»Du hast es erfasst, Ritter Jim. Das hilft uns nur leider nicht dabei, diese Hürde zu nehmen.«

»Hürde …?«, wiederholte Jim gedankenvoll. Mit einem Mal ging ein Ruck durch seinen Körper. Morikas Worte hatte ihm einen Geistesblitz beschert. Er hob sie in die Höhe. »Klettere auf meine Schulter und pass auf, dass du nicht runterfällst.«

»Was hast du vor?« In ihrer Stimme schwang Furcht.

Jim lief auf das Tor zu.

»Narr«, sagte der Hund.

Als Jim nur noch einen Schritt von den stechenden Klingen entfernt war, wandte er sich jäh nach links, wo der Torbogen bis an die steil abfallende Bergflanke heranreichte.

»Hast du dir das auch gut überlegt?«, bibberte Morika.

»Halt dich fest.«

Er setzte den linken Fuß auf die Stirn des steinernen Babys; unter der Sohle waren deutlich die Vibrationen der verborgenen Klingenmechanik zu spüren. Beherzt fasste er nach dem Ohr des etwas älteren Gesichts, das ihn selbst darstellte, und zog sich in die Höhe. Stasis stieß ein lautes Knurren aus und sprang vor. Doch seine Kette war zu kurz, um den Kletterer zu erreichen.

Das Hangeln im Wald Verliermichnicht war eine wertvolle Übung gewesen, die sich nun auszahlte. Ungeachtet der Windböen und des unter ihm gähnenden Abgrunds erklomm Jim behände etwa die Hälfte des Bogens und wechselte dann auf die andere Torseite. Dort stieg er ein paar Gesichter weit hinab und sprang das letzte Stück runter.

»Das geht nicht«, brüllte Stasis von jenseits der Klingen. »Alle sind bisher von den Messern zerstückelt worden. Das ist neu und neu ist verboten.«

Jim lachte spöttisch. »Dummer Köter. Wenn's dich stört, dann komm doch und hole mich.«

Der Torwächter bellte laut. Er war außer sich vor Wut.

»Ja, das werde ich tun. Denn aus gutem Grund bin ich aus Stein.«

»Oh weh! Du hättest das Schoßhündchen nicht reizen sollen«, maunzte Morika.

Konnten die Messer dem Hüter des Tores tatsächlich nichts anhaben? Jim war vor Schreck wie gelähmt und starrte bang durch die wirbelnden Klingen.

Die Bulldogge duckte sich zum Sprung. Einen Herzschlag später stieß sie sich vom Boden ab und flog direkt auf die Messer zu. Es folgte ein hässliches Knirschen und metallisches Kreischen. Staub vernebelte die Sicht. Verbogene Sicheln kamen quietschend zum Stehen. Dann kehrte Ruhe ein.

Noch für eine geraume Zeit blieb Jim unfähig, sich zu bewegen. Erst als Morika sich auf seiner Schulter regte, erwachte er aus der Starre und ihre Stimme brach endgültig den Bann.

»Herzlichen Glückwunsch, Ritter Jim. Spätestens ab jetzt wird Perpeto zur Jagd auf uns blasen. Wenigstens macht uns die Töle keine Schwierigkeiten mehr. Die hast du gründlich zerschreddert.«

Die Närrin auf der Kugel

Klippenhang (Rád), 3. Tag

Perpeto kenne den Rhythmus seiner Welt, hatte Morika erklärt, und wenn etwas aus dem von ihm bestimmten Takt gerate, dann spüre er es. Der Vorfall am Messertor könne von ihm nicht unbemerkt geblieben sein. Deshalb empfahl sie, die Engstelle so rasch wie möglich hinter sich zu bringen.

Die steinerne Bulldogge hatte Jims Bedarf an exotischen Begegnungen vorerst gestillt. Im Laufschritt eilten er und Morika über den schmalen Grat, bis der Pfad breiter wurde und das Gelände ihnen wieder mehr Deckung bot. Sie überquerten gerade einen mit Felsen übersäten Wiesenhang, als auch schon die erste Patrouille aufkreuzte.

»Hörst du das Geräusch?«, fragte Morika unvermittelt. Tief unter ihnen funkelten die Lichter von Rádor, vom Tränenpalast am Ende der Klippe war noch nichts zu sehen.

Jim lauschte – und schüttelte den Kopf. »Nicht das Geringste.«

Die Katze verdrehte die Augen gen Himmel. »Ihr Menschen seid taub und blind. Komm schnell!«

Sie schoss nach rechts auf eine Ansammlung dicht stehender Felsbrocken zu und Jim lief ihr, so schnell er konnte, hinterher. Mit sicherem Instinkt steuerte sie einen Hohlraum unter den Steinen an, der für sie und ihren Gefährten groß genug war. Jim warf sich rücklings ins Gras, rutschte mit den Füßen voraus in die Kuhle und drehte sich auf den Bauch. Vorsichtig hob er den Kopf und spähte den Hang hinab. Noch war nichts Ungewöhnliches zu sehen.

Aber dann fühlte er es. Der Boden begann zu vibrieren. Wenig später vernahm er ein mahlendes Geräusch. Sein Herz fing heftig an zu schlagen. »Was ist das?«, hauchte er.

»Die Wächter in ihren Schwungrädern.«

Ehe Jim seinem Unverständnis Ausdruck verleihen konnte, erschienen besagte Wächter auf der Bildfläche.

Je vier von ihnen steuerten eine Art großes Mühlenrad. Zwischen den Speichen des hölzernen Doppelrings baumelten an Querstangen Sitze, auf welchen die geharnischten Soldaten hingen und nach einem wohlausgewogenen Rhythmus wie auf einer Kinderschaukel mit den Beinen Schwung holten – so hielten sie ihr Fortbewegungsmittel in Gang und zugleich im Gleichgewicht. Die Lauffelgen waren zum Schutz der Konstruktion und ihrer Insassen in bewegliche

Elemente unterteilt, die sich den Unebenheiten des Bodens anpassten. Drei dieser Schwungräder rollten knirschend an dem Versteck vorüber in Richtung Messertor.

»Warum benutzen sie keine Pferde?«, raunte Jim.

»Was soll *das* denn sein?«, maunzte Morika.

Er setzte zu einer Antwort an, flüsterte dann aber nur: »Nicht so wichtig.«

Ein viertes Schwungrad rumpelte heran, aber nicht vorbei. Seine eisenbeschlagenen Laufflächen zermalmten irgendetwas im Gras, als es träge zum Stillstand kam. Die Soldaten schwangen sich aus den Sitzen, sicherten das Rad mit Steinen und schwärmten aus. Sie trugen lange Schwerter und dornenbewehrte Streitkeulen. Einer kam direkt auf das Versteck zu.

Jim legte die Hand in Morikas Nacken und flüsterte: »Sei mucksmäuschenstill!«

»Wenn, dann muckskätzchenstill«, gab sie verdrießlich zurück.

Beide duckten sich tief in die Schatten unter den Felsen.

Der Wächter blieb kaum drei Schritte von ihnen entfernt stehen, beugte den Oberkörper und spähte offenbar in die Spalten und Lücken zwischen den Steinen (dies ließ sich nur vermuten, weil das Visier an seinem Helm heruntergeklappt war und ihm zum Sehen nur ein schmaler Schlitz blieb). Plötzlich verharrte die wandelnde Rüstung, als sei sie jäh eingerostet.

Jetzt hat er dich bemerkt!, schoss es Jim durch den Kopf. Er wagte nicht zu atmen. Das Herz schlug ihm bis zum Hals und er fürchtete schon, das laute Hämmern könne ihn verraten.

Aber dann wandte sich der Wächter ab und setzte seine Suche andernorts fort.

Nach einer Weile kletterten die vier Soldaten wieder aufs Rad und rollten ihren Kameraden hinterher.

Jim stieß vernehmlich die Luft aus. »Puh! Das war knapp.«

»Hab schon Schlimmeres erlebt«, sagte Morika gleichmütig, lief unter den Felsen hervor und blickte in Richtung des sich entfernenden Rades. Als auch Jim sich wieder ins Freie geschoben hatte, fügte sie hinzu: »Wir müssen jetzt genau darauf achten, wie lange es bis zur nächsten Patrouille dauert, dann können wir uns immer rechtzeitig vorher verstecken.«

Er kräuselte zweifelnd die Stirn. »Meinst du, Perpeto macht es uns so leicht?«

»Ja. Ihm geht es wie mir: Er ist ein Gewohnheitstier.« Den Schwanz so hoch erhoben, wie es der Knick darin erlaubte, tippelte Morika wieder voraus.

Nach einer Weile sah Jim einen knorrigen Baum am Wegrand stehen. Seine Äste hatten alle Blätter verloren. Zwischen den Wurzeln lag ein Stab. Er sah krumm und schief aus, aber bei genauerer Betrachtung bewegten sich seine Windungen immer um eine unsichtbare gerade Linie herum, die beide Enden verband. Jim lief zu dem Baum und hob den Stab vom Boden auf.

»Ich staune über dich, Ritter Jim. Der knotige Knüppel hat es dir wohl angetan«, deutete die Katze sein Verhalten.

»Was man in den Wurzeln alter Bäume findet, sollte man nicht verachten«, antwortete Jim und wog lächelnd den Stecken in der Hand. Er war vom Wurzelknauf oben bis zu seinem schlanken Ende unten perfekt ausbalanciert. »Der Weg wird immer steiler und dieser Stab kann mich stützen. Ich nehme ihn mit.«

»Das war eine gute Entscheidung«, sagte Morika, als sie wieder hangaufwärts liefen.

»Danke.«

»Ich habe den Stab früher schon einmal gesehen. Er gehörte Barasan aus Arúm, der Welt der Diebe. Barasan war ausgezogen, um Perpeto seinen Stab zu zeigen.«

»Du meinst, er wollte ihm damit die Hucke vollhauen?«

»Wer weiß«, erwiderte die Katze geheimnisvoll. Und nach vier, fünf Tippelschritten fügte sie hinzu: »Da kommen übrigens neue Wächter.«

Diesmal schlugen sich die zwei seitwärts in die Büsche und eine weitere Patrouille rollte vorüber.

»Kann Perpeto sich nicht denken, dass wir auf der Hut sind und uns verstecken?«, wunderte sich Jim einmal mehr.

»Seine Schwungradgarde hat im Reich schon so viel Angst und Schrecken verbreitet, dass alle vor ihr Reißaus nehmen, sobald sie aufkreuzt. Das ist ein sich seit Ewigkeiten wiederholendes Spiel.«

Jim grinste diebisch. »Und wir sind die Spielverderber.«

Nachdem die zwei erst einmal den Rhythmus der Patrouillen verinnerlicht hatten, konnten sie fortan rechtzeitig Deckung suchen, bevor die Schwungräder ihnen in die Quere kamen. So stiegen sie unbehelligt immer höher. Nach einer Weile änderte sich abermals das Gesicht der Landschaft. Die Heide wich nacktem Fels und Geröll.

»Nicht gut«, urteilte Morika über den Wechsel. »Auf meinen Samtpfoten kann ich mich ja lautlos bewegen, aber ein Trampler wie du …«

»Ganz so tollpatschig bin ich nun auch wieder nicht«, maulte Jim. Vor ihnen lag erneut ein schmaler Pfad.

Die Katze lachte. »Ein Wunder, dass du dir nicht längst die Füße blutig gelaufen hast.«

Das überraschte Jim allerdings auch. Offenbar hatte die Quelle der Erleuchtung an ihm mehr verändert, als anfangs zu erkennen gewesen war.

»He, ihr zwei!«, rief kurz darauf eine mädchenhafte Stimme von oben.

Jim und Morika duckten sich sofort hinter einen Felsen.

»Zu spä-ät«, neckte die glockenhelle Stimme. »Ich hab euch schon gesehen.«

Jim fasste sich ein Herz und antwortete laut: »Leg dich lieber nicht mit uns an. Wir sind gefährlich.«

»Oh! Das ist gut. Dann hat sich das Rumstehen und Warten ja vielleicht doch gelohnt.«

Vorsichtig verließen Jim und Morika die Deckung und spähten nach oben.

»Siehst du was?«, fragte die Katze.

»Nein«, sagte Jim.

»Heb mich mal hoch.«

»Du könntest ruhig bitte sagen.«

»Heb mich *bitte* mal hoch.«

Er tat es.

»Was soll denn *das* sein?«, fragte Morika von oben.

»Ich bin ein Stehauffrauchen«, kam prompt die Antwort vom Hang. »Leider kann ich nicht zu euch hinuntersteigen. Besäßet ihr vielleicht die Freundlichkeit und kommt zu mir herauf?«

»Das könnte eine Falle sein«, warnte Jim. Er wollte sich nicht schon wieder gefangen nehmen lassen.

»Mein Katzeninstinkt sagt mir, dass wir nichts zu befürchten haben«, erwiderte Morika, verließ den Weg und verschwand hinter einem Felsen.

Jim kletterte ihr hinterher. »Und wo war dein Instinkt, als die Räuber mich in den Baum gesperrt haben?«

»Auf der Hut, Ritter Jim. Sonst hätte ich dich ja nicht befreien können«, erscholl die Antwort von oben.

Als er sich zwischen zwei Felsbrocken hindurchzwängte, öffnete sich vor ihm eine steinerne Plattform und dort stand, fast wie auf einer Bühne, eine sonderbare kleine Frau. Sie lächelte.

»Guten Tag, mein Name ist Heureka. Ich habe schon von euch gehört. Es freut mich überaus, endlich eure Bekanntschaft zu machen.«

Jim brachte zunächst kein Wort hervor, zu verblüfft war er vom Anblick der Kleinen. Sie reichte ihm nicht einmal bis zum Bauchnabel, trug ein Narrenhemd aus einem blau-weißen Rhombenmuster und einen blauen spitzen Hut. Darunter schauten schwarze Locken hervor. Heureka hatte das hübsche Gesicht einer jungen Prinzessin mit grünen Augen, langen Wimpern, vollen Lippen und Wangen so blassrot wie die Äpfel von Rád. Was Jim jedoch sprachlos machte, das waren ihre Beine. Genauer gesagt: Sie hatte gar keine!

Ihr ganzer, mit blauem Tuch bedeckter Unterleib war eine Halbkugel.

»Ich bin die Dichterin Morika von Felidas«, stellte sich die Katze vor.

Heureka wippte mit dem ganzen Oberkörper nach vorne, schwang dann weit zurück, pendelte abermals, jedoch etwas weniger weit, nach vorne und schaukelte auf diese Weise noch einige Zeit hin und her, ehe sie wieder ganz zur Ruhe kam. Unterdessen antwortete sie: »Angenehm, Morika von Felidas. Ich bin eine Bonka aus Azon, der Welt unter dem blauen Kristall. Das Kleine Volk hat mich nach Rád entsandt, um Perpeto gehörig eins zu flüstern. Leider war beim Messertor für mich Schluss.«

Jim starrte auf die Halbkugel unter Heurekas Narrenhemd, brachte aber noch immer nichts hervor.

»Hat der Köter dir die Beine abgebissen?«, erkundigte sich Morika voller Anteilnahme.

»Nein. Die Bulldogge ließ mich vorbei. Aber ich habe den Takt der Sicheln falsch berechnet und *schnipp!*, weg war meine mobile Hälfte. Perpeto hat mir dann diese Kugel verpasst, mit der ich nur vor und zurück und hin und her wippen, mich aber nicht von der Stelle bewegen kann. Seitdem bin ich ein Stehauffrauchen, hierher verbannt zur Warnung für jeden, der dem König von Rád etwas flüstern will.«

»Warum bist du nicht längst verhungert?«, wunderte sich Morika.

»Perpeto schickt mir jeden Tag einen schwarzen Papagei, der etwas zu essen vorbeibringt. Der König nimmt es den Kindern ab, die er entführt. Sein garstiger Vogel meint, ihre Tränen seien bitterer, wenn sie hungrig ...«

»Hör auf, Erika!«, rief Jim und presste sich die Hände an

die Ohren, weil er die furchtbaren Schilderungen nicht länger ertragen konnte. Er fühlte sich mutlos, weil Perpeto so mächtig war und er sich so schwach vorkam.

Das Stehauffrauchen sah ihn mit offenem Mund an, wartete, bis er die Arme wieder sinken ließ, und sagte: »Mein Name ist nicht Erika, sondern *Heureka*. Und wer bist du?«

»Ritter Jim von Sinnenwelt«, antwortete Morika an seiner statt. »Er ist der Weltenbaumeister von Rád: Erst hat er sich diesen ganzen Schlamassel ausgedacht und jetzt will er Perpeto vom Thron schubsen.«

»Ich bin kein Ritter«, brummte Jim.

»Bist du doch«, beharrte die Katze und wandte sich dem Stehauffrauchen zu. »Vielleicht ein Ritter Widerwillen, aber er hatte eine Rüstung und ein großes Schwert.«

»Und jetzt?« Heureka musterte den Verband an Jims Hand. »Was hast du dadrunter?«

Er riss sich trotzig den Stofffetzen ab und zeigte ihr die violettrote Brandwunde.

»Einen Katzenbuckel«, kommentierte Morika.

»Der Ritter hat ein Narrenzeichen!«, staunte Heureka.

Er ließ den Kopf hängen und nickte.

»Ich kann deine düstere Stimmung gut nachvollziehen«, sagte das Stehauffrauchen sanft. »Sieh mich an: Die Festung ist zum Greifen nah, und ich kann nichts weiter tun, als auf meiner Kugel herumzuwackeln. Es ist eine Tragik sondergleichen, wenn man bedenkt, dass ich es gefunden habe.«

Jims Kopf ruckte nach oben. »Was? Etwa den Weg, wie man unbemerkt in den Tränenpalast kommt?«

»Nein. Das ist kein Geheimnis.« Sie deutete auf das Narrenzeichen. »Hast du es schon einmal umgedreht?«

»Wie, umgedreht?«

»Auf den Kopf gestellt. Sieh dir den Umriss von dem an, was einmal meine Beine waren. Es hat dieselbe Form wie dein Brandmal: ein Halbkreis. Aber mein Unterleib ist kein Katzenbuckel, wie Morika es nannte, sondern eine Schale.«

Jim blinzelte verwirrt. »Ich … verstehe nicht.«

Das Stehauffrauchen formte aus seinen Händen einen Kelch. »Wenn du das Narrenzeichen umdrehst, dann ist es nach oben offen. Und das fürchtet Perpeto mehr als alles andere: Empfänglichkeit für Neues.«

Er drehte die Hand so herum, dass aus dem Brandzeichen ein U wurde. »Jetzt wird mir klar, warum der Folterknecht in Rádor es als den Stempel für Querdenker, Erfinder und Abenteurer bezeichnet hat. Solche Leute lassen sich nämlich von den Regeln der Ewiggestrigen nicht das Denken verbieten.«

Die Bonka nickte. »Nur wer nachsinnt, kann sich und anderen etwas Besseres bringen. Die Selberdenker suchen und gehen Wege, die nie zuvor jemand beschritten hat. Doch Vorsicht! Um dich hier unsichtbar zu machen, darfst du den Lauf dieser Welt nicht stören. Perpeto würde das sofort bemerken.«

Morika gähnte. »Das ist uns auch schon aufgefallen, Schwester. Wenn du nicht mehr zu bieten hast ...«

»Doch«, unterbrach das Stehauffrauchen die Katze. »Ich habe herausgefunden, wie man Perpeto binden kann.«

»Ach!«, entfuhr es Jim.

Sie nickte bedeutungsvoll. »Er muss sich die Fesseln selbst anlegen.«

»Und wie soll das gehen?«

»Indem du den König im Netz seiner eigenen Regeln fängst. Wenn er sich in den Widersprüchen seiner sogenannten ›Naturgesetze‹ verheddert, sind ihm die Hände gebunden.«

»Schön und gut, aber *was* muss ich tun, um ihn zu fesseln?«

»Keine Ahnung.«

»Toll!«, mauzte Morika erneut. »Wir brauchen also nur in den Palast zu marschieren und dem König zu sagen, er solle sich selbst fesseln.«

Irgendwie hatte Jim das Gefühl, die Katze sei eifersüchtig, weil ihr Ritter sich nicht mehr nur für ihre Ratschläge interessierte.

Heureka wippte sacht hin und her, ihre Lippen umspielte ein wissendes Lächeln. »Immerhin habe ich die Wartezeit genutzt.«

»So? Womit denn?«, fragte Jim.

»Ich habe ein Heer gegen den Herrn des Tränenpalastes aufgestellt.«

»Also, ich sehe da nur eine stehen«, spöttelte die Katze.

»Erzähl uns mehr davon«, bat Jim.

Sie habe einfach mit allen gesprochen, die sie besuchen kamen, erklärte Heureka. Weder dem König noch seinen Wächtern sei etwas aufgefallen, weil sie die Närrin auf der Kugel schon seit Längerem nicht mehr beachteten. Sie stehe ja nur still herum, was die extremste Form der Wiederholung sei: Keine Abwechslung, keine Veränderung, keine Gefahr – so mussten sie wohl denken, aber da irrten sie gewaltig. Im wahrsten Sinne des Wortes habe sie aus dem Stand eine Rebellenarmee um sich geschart, die nur auf ein Zeichen von ihr warte, um gegen ihren Unterdrücker loszuschlagen.

Jim entsann sich der glühenden Verteidigungsrede des Räuberhauptmanns für ewige Wiederholungen und das unfehlbare Urteil der Masse. »Entschuldige, Heureka, aber ich kann mir das schwer vorstellen. Die Rádlinge sind so starr in ihren Gewohnheiten.«

Sie lachte. »Da hast du allerdings recht! Obwohl man sich immer davor hüten muss, alle über einen Kamm zu scheren. Auch unter den Rádlingen gibt es einige, denen die ewigen Wiederholungen zum Halse heraushängen. Die meisten haben nur nicht den Mut, sich dagegen aufzulehnen. Leider.«

»Dann müssen deine Verbündeten Außenweltler sein.«

»Nicht doch! Wenn du der Schöpfer dieser Welt bist, solltest du es eigentlich besser wissen. Manche Tiere hier besitzen mindestens so viel Verstand wie die Zweibeiner. Sie lassen ihre Intelligenz nur nicht so heraushängen.«

Morika stieß einen klagenden Laut aus. »Sag bloß, du hast dich mit Mäusen verbündet?«

»Unter anderem. Mit Mäusen, Vögeln, Dachsen, Käfern und viele weiteren Kreaturen, die der ständigen Wiederholungen überdrüssig sind. Sie haben sich bisher nur nicht getraut, sich offen gegen Perpeto aufzulehnen. Deshalb nenne ich sie die ›stille Opposition‹.«

»Klingt gut«, sagte Jim.

»Klingt jämmerlich«, nörgelte Morika, »wenn man bedenkt, dass diese Gegnerschaft auch von Mäusen getragen wird.«

»Den Starken geht es meistens gut, die Kleinen brauchen Edelmut«, konterte Heureka pikiert.

»Jetzt fangt nicht an, euch zu streiten. Wir können jede Hilfe gebrauchen«, ging Jim dazwischen.

»Das ist nicht ganz falsch«, räumte Morika ein.

»Mehr als das: Es bedeutet einen wichtigen Vorteil für uns«, erklärte Heureka. »Für Perpeto sind unsere Mitstreiter ›primitive Geschöpfe‹. Er straft sie mit derselben Nichtachtung wie uns Narren.«

»Wie schnell kannst du dein Heer mobilisieren?«, fragte Jim.

Das Stehauffrauchen steckte zwei Finger in den Mund und

pfiff. Auf Jims fragende Blicke hin erklärte sie, gleich würden sie denjenigen kennenlernen, der ihr vor zwei Tagen von zwei Außenweltlern, ein Junge und seine Katze, erzählt habe. Wenige Augenblicke später flatterte ein kleiner grauer Vogel mit goldener Schwanzspitze und rötlicher Brust herbei. Er setzte sich auf die ausgestreckte Hand der Bonka und sagte amüsiert: »Die Heißluftschlemmer! Tag, Leute. So sieht man sich wieder.«

Jim traute seinen Augen nicht. Es war derselbe Piepmatz, der ihm vor zwei Tagen vom Verzehr eines Apfels abgeraten und sich gegenüber Morika als »doch sowieso nur heiße Luft« ausgegeben hatte.

»Habt ihr euch schon miteinander bekannt gemacht?«, fragte Heureka.

»Dazu fehlte die Zeit. Der Läusewanderzirkus wollte mit mir Fangen spielen«, antwortete der Vogel.

Heureka stellte alle einander vor. Der gefiederte Zwerg heiße Goldfeder und sei ein Blassrotkehlchen, erklärte sie. Er diene ihr seit geraumer Zeit als Meldegänger. Trotz seiner geringen Größe war Goldfeder offenkundig ein aufgewecktes Kerlchen. Als die Bonka ihm erzählte, dass die Stunde der Wahrheit nahe, geriet er fast aus dem Häuschen.

Jim bemerkte, wie Morikas Knickschwanz hin und her schlängelte. »Wage es ja nicht! Goldfeder ist unser Freund«, warnte er sie.

Sie legte sich die Pfote über die Augen und jammerte: »Es

ist so schwer, mit lieb gewordenen Gewohnheiten zu brechen.«

»Aber manchmal ist es nötig«, sagte er streng.

»Ist ja schon gut. Ich werde mich beherrschen.«

»Auch wenn die Mäuse kommen?«

Sie stöhnte. »Muss ich darauf jetzt schon antworten?«

»Versprich es, Morika.«

»Ich gelobe feierlich Enthaltsamkeit.«

Nachdem dies geklärt war, schmiedeten die vier einen Plan, an dem sogar die Katze Gefallen fand. Wenn die stille Opposition sich ganz plötzlich gegen den Herrn des Tränenpalastes erhebe, dann werde sein geordneter Ablauf gehörig durcheinandergebracht, freute sie sich.

Jim nickte zustimmend. »Vor lauter Störungen muss er blind werden für uns, wenn wir uns in seinen Palast schleichen und die Kinder befreien.«

»Uns? Du hast vergessen, dass ich nicht laufen kann«, sagte das Stehauffrauchen traurig.

»Würdest du uns begleiten, wenn ich dich trage?«

Heurekas grüne Augen strahlten ihn an. »Ja, das würde ich«, antwortete sie aus tiefstem Herzen. »Lasst uns zum Tränenpalast ziehen und Perpeto das Fürchten lehren!«

Der Palast der Tränen

Klippenhang (Rád), 4. Tag

Im Vergleich zu Goldfeder war jede Brieftaube eine lahme Ente. Kaum hatte das Blassrotkehlchen sich in die Lüfte geschwungen, eilten auch schon ein paar Wiesel herbei, um sich von Heureka weitere Befehle erteilen zu lassen. Jede ihrer Anweisungen wurde gleich wieder an so viele Bergbewohner wie möglich weitergegeben. So breitete sich die Nachricht vom Beginn des Aufstandes wie ein Lauffeuer aus. Im fahlen Licht des Ringmondes braute sich Gewaltiges zusammen!

Unterdessen schleppte der Ritter Widerwillen sich selbst und das Stehauffrauchen immer weiter die Große Klippe hinauf. Je näher sie dem Palast der Tränen kamen, desto steiler und lebensfeindlicher wurde der Hang. Als Jims vierter Tag in Rád anbrach, waren nicht einmal mehr Moose oder

Flechten am Wegrand zu finden. Seine nackten Füße marschierten über schroffen Fels, lose Steine und immer öfter auch über Eis. Unablässig wechselte er das Tempo oder schlug kleine Haken, weil er nichts mehr fürchtete, als vom Rhythmus der eigenen Schritte eingelullt und so in Perpetos Bann gezogen zu werden.

»Ich weiß nicht, ob das so klug ist, was du da machst«, gab Heureka zu bedenken, als er wieder einmal zu traben begann.

»Woraus schöpft Perpeto seine Macht?«, schnaufte er.

»Aus der Wiederholung.«

»Siehst du! Und ich will nicht, dass sein Zauber von mir Besitz ergreift.«

»Wenn der Schuss mal nur nicht nach hinten losgeht«, maunzte Morika.

Kaum hatte sie ihre unheilschwangeren Worte gesprochen, tauchte von oben plötzlich ein Schatten auf. Fast lautlos landete er vor den drei Gefährten auf dem Weg. Jim erschrak sich fast zu Tode. Vor ihm und Morika kauerte, tief geduckt, ein riesiger schwarzer Luchs mit rosaroten Augen.

»Seid gegrüßt, General Tatz. Ich hatte Euch eigentlich früher erwartet«, sagte das Stehauffrauchen.

Der Luchs richtete sich zu seiner ganzen Ehrfurcht gebietenden Größe auf – die Fellpinsel an seinen Ohrenspitzen überragten Jim um mindestens einen halben Kopf. Mit tiefer, vibrierender Stimme antwortete er: »Ich musste zunächst ein paar Dinge in die richtigen Bahnen lenken, schönste Heureka.«.

Obwohl das Stehauffrauchen kaum mehr als eine Stoffpuppe wog, war Jim froh, es für einen Moment absetzen zu können.

»Was für ein Prachtbursche!«, entfuhr es derweil Morika. »Willst du uns einander nicht vorstellen?«

Heureka tat ihr den Gefallen und fragte den General sodann, welche Angelegenheiten seine Verspätung verursacht hätten.

»Ich habe unser Heer in mehrere Armeen und Kompanien aufgeteilt sowie weitere Kommandeure und Truppführer ernannt. Außerdem musste ich unsere alte Strategie überarbeiten, weil ihr möglicherweise schon bemerkt wurdet und Perpeto seine Verteidigung verstärkt hat. Wir können unseren Angriff jetzt in mehreren Wellen vortragen, und das aus vier verschiedenen Himmelsrichtungen. Damit werden wir für so viel Durcheinander sorgen, dass seinen Kommandanten gehörig die Köpfe schwirren dürften. Mit einem Scheinangriff auf das Haupttor werden wir sie zwingen, ihre ganze Verteidigungskraft dort zu konzentrieren. Damit müsstet ihr unbemerkt durch den von Goldfeder ausspionierten Nebeneingang in den Palast eindringen können.«

»Was für ein Prachtbursche!«, seufzte Morika. Sie leckte an ihrer Pfote und wischte sich damit übers Gesicht.

»Du wiederholst dich, Schwester«, sagte das Stehauffrauchen unbeeindruckt von dem schneeweißen Pelz, der unter dem räudigen Fell zutage trat.

Tatz jedoch senkte verzückt das breite Haupt und schnurrte: »Ich weiß Euer Lob zu schätzen, ehrenwerte Dichterin.«

Ihre honiggelben Augen leuchteten wie kleine Sonnen. »Wenn wir diese Schlacht gewinnen, werde ich Euch ein Sonett widmen, mein lieber General.«

Jim traute seinen Ohren nicht. Hatten sich die zwei Katzen etwa ineinander verliebt? Er räusperte sich. »Vielleicht könnten wir uns mal auf das Wesentliche konzentrieren, Leute. Wann sind Eure Truppen einsatzbereit, General Tatz?«

»Noch ehe Ihr den Palast erreicht habt, Ritter Jim von Sinnenwelt«, antwortete der Luchs, ohne sich in der Bewunderung Morikas stören zu lassen. Schon bedachte er sie mit einem neuen Kompliment. »Ihr könnt noch nicht lange hier bei uns weilen. So viel Anmut, Grazie und Klugheit hätten mir auffallen müssen.«

»Und mir ein so feuriger und kraftvoller Kater! Ihr habt recht, Tatz. Ich bin gerade erst zweihundert Jahre hier.«

Jim verdrehte die Augen, als die zwei jetzt auch noch ihre Köpfe aneinanderrieben und wohlig zu schnurren begannen. »Herr General«, sagte er energisch, »welches Zeichen erwarten Eure Truppen zum Angriff?«

»Zeichen?« Der Luchs hob das dunkle Haupt und räusperte sich. »Meint Ihr das Signal?«

»Ja! Was muss passieren, damit alles losgeht?«

»Der Sturm beginnt, wenn die Kraniche am Mond vorüberziehen.«

»Das tun sie doch ständig.«

»Sicher, aber immer in derselben Richtung. Das werden wir ändern.«

»Oh, wie genial!«, schwärmte Morika verzückt.

»Ihr seid *zu* freundlich, meine Liebste.«

»Ich nehme an, Goldfeder soll den Angriffsbefehl an die Kraniche übermitteln«, störte nun Heureka das Gegurre der zwei Turteltäubchen.

»Ja«, bestätigte Tatz. »Ich habe mir Euren Meldegänger ausgeliehen, aber er wird rechtzeitig wieder zu euch stoßen.«

»Dann will ich Euch nicht länger aufhalten, General.«

»Danke, schönste Heureka.« Tatz und Morika rieben erneut die Köpfe aneinander.

»Ich meinte damit eigentlich Eure Pflichten als Heerführer«, stellte die Bonka klar.

Das Haupt des Luchses fuhr nach oben. »Selbstverständlich. Bitte entschuldigt, ich hatte mich für einen Moment vergessen, aber ein General ist auch nur ein Kater. Ihr könnt Euch voll und ganz auf mich verlassen.«

»Dessen bin ich mir gewiss, alter Freund. Ich danke Euch.«

Tatz warf aus seinen rosaroten Augen einen letzten schmachtenden Blick auf das schnurrende Kätzchen. »Lebt wohl, meine Schöne. Wenn das Schicksal uns hold ist, werden wir uns wiedersehen.« Mit einem enormen Satz verschwand der Luchs in dieselbe Richtung, aus der er gekommen war.

»Was für ein Prachtbursche!«, seufzte Morika.

Jim kam es so vor, als sei der Ringmond dunkler geworden. Obwohl dieser Umstand für ihr Vorhaben von Vorteil sein mochte, gab er auch Anlass zur Sorge. Die Quelle der Erleuchtung wurde zusehends schwächer. Würde die Zeit noch reichen, um Perpetos unheilvolles Treiben zu beenden und die Kinder aus dem Palast der Tränen zu befreien?

Seit dem Gespräch mit General Tatz waren etwa drei Stunden vergangen. Jim hatte Heureka kurzerhand in den Proviantrucksack gesetzt. So kamen sie zügig voran.

Die »stille Opposition« machte ihrem Namen alle Ehre. Nur ab und zu hatte Jim am Wegrand ein Rascheln vernommen und manchmal auch den Flügelschlag eines Vogels, ansonsten blieb Heurekas Heer verborgen. Umso häufiger begegneten sie jetzt den Wächtern mit ihren Schwungrädern. Offenkundig liefen die Routen der verschiedenen Patrouillen in unmittelbarer Nähe des Palastes zusammen.

Schließlich verließen die Gefährten den Hauptpfad, weil die Gefahr der Entdeckung zu groß war. Die letzten zwei Meilen mussten sie immer öfter klettern. Glücklicherweise war Goldfeder nun wieder zu ihnen gestoßen und konnte durch Erkundungsflüge den besten Weg auskundschaften.

Eisige Windböen umtosten die Spitze der Klippe. Unentwegt wurde Schnee aufgewirbelt und machte die Bergsteiger fast blind. Jim fror jämmerlich. Er zitterte am ganzen Leib. Trotzdem kämpfte er sich tapfer weiter nach oben. Wie er die Strapazen überhaupt ertragen konnte, war ihm schleierhaft. Morika ertrug die Unbilden des Wetters auf ihre Weise: Sie hatte sich nach der Verabschiedung des Luchses ein zwar unansehnliches, aber offenbar wärmendes Winterfell zugelegt.

»Haltet Augen und Ohren offen. Der Palast kann nur noch einen Bogenschuss weit entfernt sein«, erklang unvermittelt Heurekas Stimme aus dem Rucksack.

»Warum sehen wir ihn dann noch nicht?«, fragte Jim.

»Weil er wie ein großes Wespennest am Ende der Klippe hängt.«

Jetzt schlichen sie noch vorsichtiger voran. Sie nutzten jede Deckung, um von den Palastwächtern nicht gesehen zu werden. Das Rattern der Schwungräder von Patrouillen, die entweder gerade ausrückten oder hereinkamen, war jetzt fast ständig zu hören.

Goldfeder landete auf Heurekas Hut und verkündete: »Gleich habt ihr es geschafft.«

Jim spähte hinter einem Felsen hervor. Im ersten Moment sah er nur Schneegestöber, aber dann erschien in dem Flockenwirbel der Umriss einer gewaltigen schwarzen Kuppel, die auf einem schwarzen Unterbau thronte und von einer zinnenbewehrten Mauer umgeben war. »Wie eine Krone auf dem Haupt eines Riesen«, flüsterte er.

»Sei so lieb und neige den Kopf zur Seite, damit ich es auch sehen kann«, bat Heureka von hinten.

»Kannst du mich bitte hochheben? Ich möchte ebenfalls einen Blick drauf werfen«, bettelte Morika von unten.

Jim steckte seinen Stab in den Schnee und erfüllte alle Wünsche.

Einen Moment ließ der Wind nach und sie konnten weitere Einzelheiten erkennen. So war die Kuppel nicht etwa nur ein glattes Dach aus Stein, sondern sie bestand aus vielen aufeinanderliegenden, sich nach oben verjüngenden Ringen. Jede Terasse stand für ein Stockwerk. In den Wänden waren schmale Fensteröffnungen, Türen und vor allem etliche Schießscharten zu erkennen.

»Der ›geliebte Herr‹ von Rád ist wohl weniger überzeugt von der Zuneigung seiner Untertanen als Lamento III. uns weismachen wollte«, murmelte Jim.

»Wenn ich mir nicht den Schwanz abfrieren soll, dann könnten wir allmählich mit der Eroberung der Burg anfangen«, raunte Morika ungeduldig.

»Soll ich den Angriffsbefehl geben?«, erkundigte sich Heureka bei Jim.

»Ja«, antwortete er entschlossen.

»Goldfeder«, richtete das Stehauffrauchen das Wort an ihren Meldegänger, »bitte sei doch so lieb und sag den Kranichen Bescheid. Sie sollen umkehren und von links nach rechts über den Palast hinwegfliegen.«

»Zu Befehl. Bin schon unterwegs.« Das Blassrotkehlchen schwirrte davon.

Jim setzte Morika wieder auf den Boden und rückte die Riemen des Rucksacks zurecht. »Hoffentlich ist die stille Opposition von Rád größer, als es scheint.«

»Du wirst dich noch wundern«, versprach Heureka von hinten.

Es begann ganz unmerklich. Während Jim, Heureka und Morika aus der Deckung heraus die Umgebung des Palastes beobachteten, huschten kleine Schemen über das Klippenplateau. Man hätte sie leicht für eine Sinnestäuschung halten können, für ein Spiel von Wind und Schnee – wenn sich die durchs Dämmerlicht wischenden Schatten nicht alle in dieselbe Richtung bewegt hätten.

»Es geht los«, flüsterte Morika. Vor Kurzem erst waren die

Kraniche von links nach rechts vor dem Mond entlanggezogen.

Plötzlich erwachte die Klippe zum Leben. Aus Tausenden von Löchern kamen Tiere hervorgekrochen und stürmten aus verschiedenen Richtungen auf die Ringmauer zu. Selbst von der Seeseite her wurde ein Angriff geflogen. Staunend entdeckte Jim ganz ungewöhnliche Partnerschaften: Mäuse ritten auf Katzen, Katzen auf großen Hunden und Würmer flogen in den Schnäbeln von Vögeln. Noch waren die Attacken fast lautlos.

Aber dann bemerkten die Posten auf der Palastmauer die Flut, die auf sie zurollte, und die Alarmhörner wurden geblasen.

Was nun folgte, ließ Jim erschauern. Ganze Vogelschwärme stießen auf die Wehrgänge herab. Zwar konnten ihre Schnäbel und Krallen den Rüstungen der Verteidiger nichts anhaben, aber Verwirrung stifteten sie allemal – wer kann schon einen sicheren Schuss abgeben, wenn ihm pausenlos jemand auf dem Helm herumhackt?

Derweil kletterten Eichhörnchen und Affen über die Mauern und warfen mit Nüssen und Steinen. Ein Geschwader von Pelikanen ließ steinerne Geschosse auf die Blechmänner niederhageln. Mäuse und Ratten nagten an Halteseilen. Biber und Holzwürmer fraßen sich durch Türen und Tore. Käfer krabbelten in die Öffnungen von Rüstungen und zwickten nach allem, was sie zwischen ihre Zangen bekamen.

»Das dürfte für Perpeto und seine Schergen neu sein«, sagte Heureka.

Jims Kehle war wie zugeschnürt. Wann immer der Schneesturm ihm einen ungehinderten Blick auf einzelne Bereiche des Kampfgeschehens gewährte, sah er auch die Kehrseite des Erfolgs. Selbst die in Panik blind geführten Schläge von Schwertern, Keulen, Morgensternen und Streitäxten trafen allzu oft ein Tier. Er schüttelte angewidert den Kopf. »Ich kann dieses Hauen und Stechen nicht länger mitansehen. Wir müssen uns sofort auf den Weg machen.«

»Es wäre aber besser, noch ein wenig zu warten«, antwortete es aus seinem Rucksack.

»Nein. Wenn das Überraschungsmoment erst einmal vorüber ist, werden die Tiere von den Wachen gnadenlos abgeschlachtet. Goldfeder!«

Das Blassrotkehlchen kam herbeigeschwirrt. »Hier bin ich, Ritter Jim.«

»Sag Tatz Bescheid, er soll seine Kräfte jetzt auf das Haupttor der Ringmauer konzentrieren.«

»Schon erledigt.«

Wieder staunte Jim, wie schnell die Befehlskette im Heer von Heureka und ihrem General funktionierte. Schon nach kurzer Zeit warfen sich die Angreifer mit allem, was ihnen an Krallen, Zähnen, Schnäbeln, Zangen, Steinen und Nüssen zur Verfügung stand, gegen das zweiflügelige Tor in der Mitte des Plateaus.

Goldfeder kehrte bald zurück. »Folgt mir. Ich führe euch zum Nebeneingang. Bis wir dort ankommen, müssten die Borkenkäferlarven mit ihrer Arbeit fertig sein.«

»Steig auf meinen Rücken«, sagte Morika zu dem Vogel. »Im Kampfgetümmel könnten wir dich leicht aus den Augen verlieren. Es ist besser, wenn ich dich trage.«

Jim sah sie schmunzelnd an. »Was ist mit deinen alten Gewohnheiten, Samtpfote?«

Sie bedachte ihn mit einem strafenden Blick. »Meinst du, ich bin so dumm und fresse unseren Meldegänger? Er muss doch noch unseren Sieg verkünden.«

Die vier ungleichen Gefährten schlichen sich in einigem Abstand zur Ringmauer am Haupttor vorbei. So gelangten sie unbemerkt an den linken Rand der Klippe. Plötzlich ging es steil nach unten.

»Du meine Güte!«, keuchte Jim. Der nur noch schwach schimmernde See wirkte aus der Höhe erschreckend klein. Jim klemmte den Wanderstab in den Gurt des Rucksacks, um die Hände zum Klettern frei zu haben.

»Da rechts unten an der Felswand ist ein schmaler Grat. An dem kannst du dich entlanghangeln. Er führt direkt zum Nebeneingang«, erklärte Goldfeder. Besagter Pfad lag ungefähr zwanzig Schritte tiefer als das Felsplateau und stieg erst kurz vor der Ringmauer wieder an.

»Wir gehen vor. Bleib immer an meiner Schwanzspitze«, sagte Morika und machte sich an den Abstieg.

Jim presste sich eng an die Klippenwand. Erst wenn er für seine Hände Halt gefunden hatte, schob er die Füße weiter voran. Das Stehauffrauchen hing im Rucksack direkt über dem Abgrund und wurde von den Böen hin und her geworfen.

»Geht es dir gut, Heureka?«, presste Jim zwischen den Zähnen hervor.

»Ich genieße die grandiose Aussicht.«

»Ist das dein Ernst? Bei dir zu Hause kletterst du wohl oft auf Berggipfeln herum.«

»Nein. In Azon hängen die Bergtäler am Himmel und die Gipfel dicht über dem Boden.«

»Oh!«

Morika verschwand hinter einer Felsnase. Als auch Jim diese umrundet hatte, verschlug es ihm die Sprache.

Zum ersten Mal sah er die gigantischen Ausmaße des Palastes der Tränen aus nächster Nähe. Der Vergleich mit einem Fesselballon erschien ihm mit einem Mal aberwitzig. Vor ihm hing ein umgekehrter Tropfen von unvorstellbarer Größe. Sein spitzes Ende lag mindestens zweihundert Schritte weiter unten, die obere Kuppel dagegen überragte die Klippe wie ein mächtiger Dom.

Wie bereits oben auf dem Felsplateau erwies sich die schwarze Außenfassade bei genauerer Betrachtung auch hier als eine Aneinanderreihung von Mauerringen, die viele Stockwerke in die Tiefe reichte. Daran klebten Erker, ein von

Pfeilern gestützter Wandelgang, elegante Türmchen, luftige Balkone und zahlreiche Figuren, die Jim an die wasserspeienden Fabelwesen von Kirchen erinnerten, die jedoch weitaus hässlicher waren. Zahlreiche Fenster blickten wie glosende Augen in die Nacht hinaus.

Hinter der Felsnase wurde der Pfad breiter. Er führte zu einer schmalen Holzpforte.

»Lass uns mal sehen, ob der Borkenkäfernachwuchs fertig ist«, schlug Heureka vor.

»Und wie?«

»Drück gegen die Tür.«

Jim stemmte gleich beide Hände dagegen, weil er mit erheblichem Widerstand rechnete, musste jedoch überrascht feststellen, dass die Tür sich kinderleicht öffnen ließ. Sie brach einfach fein säuberlich rund ums Schloss auf. An den Rändern wuselten kleine weiße Käferlarven, hungrige Maden auf der Suche nach weiterem Futter.

»Wünsche wohl gespeist zu haben«, sagte Morika und tippelte mit Goldfeder in die Burg.

Jim folgte ihr und betrat eine Gasse, die in einem Bogen zwischen der Ringmauer und dem Palast verlief. Aus unmittelbarer Nähe drangen Schreie an sein Ohr und etwas, das wie ein Hagelschauer auf Kochtopfböden klang. Die Ursache des Spektakels hatte er schnell ausgemacht: In einer Mauernische waren zwei Soldaten, vermutlich die Torwächter, damit beschäftigt, einen Schwarm Spechte abzuwehren. Die

Vögel trommelten mit ihren spitzen Schnäbeln unbarmherzig gegen die Rüstungen.

»Schließ die Tür und lass uns verschwinden, ehe die Soldaten uns bemerken«, sagte Heureka.

Morika lief unterdessen, von ihrem gefiederten Reiter gelenkt, in die andere Richtung weiter. Goldfeder habe, erklärte das Stehauffrauchen ihrem Träger, bereits zahllose Erkundungsflüge in den Palast der Tränen unternommen. Daher kenne er sich hier aus.

Das Blassrotkehlchen steuerte die Katze zu einer unauffälligen, schmalen Tür. Daran hing ein Ring, den Jim drehte.

»Sie ist offen«, staunte er.

»Ist mir auch schon aufgefallen«, sagte Goldfeder.

»Jetzt geht schon endlich rein«, drängte Heureka.

Jim löste seinen Stab aus dem Rucksack, um sich damit notfalls verteidigen zu können – abgesehen von dem Räubermesser besaß er keine andere Waffe. Dann betrat er mit klopfendem Herzen den Palast der Tränen. Auf dem Klippenhang hatte er sich immer wieder auszumalen versucht, wie es darin aussehen mochte. Dabei war ihm ein Fehler unterlaufen: Er hatte vom Äußeren aufs Innere geschlossen, sich also einen düsteren Bau vorgestellt, der einer Höhle ähnlicher war als einer prunkvollen Residenz. Doch darin irrte er.

Hinter der schwarzen Fassade verbarg sich eine verschwenderische Pracht aus Gold, Silber, Kupfer, Perlen, Edelsteinen, Marmor, edlen Hölzern, Ornamenten, Friesen, Skulpturen, funkelnden Lüstern und Gemälden. Die besten Handwerker und Künstler von Rád – vielleicht sogar Meister aus anderen Welten – mussten hier Hand angelegt haben.

Sprachlos folgte Jim der Katze nach links in den breiten, hell erleuchteten Flur. Aus den Wänden ragten halbe Säulen aus buntem Marmor – die Farbenfolge war streng festgelegt. Dazwischen hingen Gemälde, die Figuren bei der Ausübung monotoner Tätigkeiten zeigten: hämmernde Schmiede, grabende Bergleute, Esel an Schöpfrädern. Stuckornamente strebten zur Decke empor und bildeten dort ein dichtes, wenngleich überschaubares Geflecht in vergoldetem Glanz. Selbst die Einlegearbeiten im verschiedenfarbigen Parkett verzückten durch ihren meisterhaften Detailreichtum.

Das beherrschende Motiv in dem ganzen Zierrat aber waren Räder in jeder denkbaren Art und Größe: Zahnräder, Wagenräder, Mühlenräder, Uhrenräder und »So-da-Räder«. Dies sei, erklärte Morika, die in Rád übliche Bezeichnung für zweckfreie Räder, die »einfach nur ›so da‹« seien oder bei Andachten zur Verehrung der drei heiligsten Dinge eine rein symbolische Funktion erfüllten.

»Da geht es zur Königstreppe«, unterbrach Goldfeder die Ausführungen ihrer Trägerin. »Sie führt direkt in die Kammer der Tränen hinab. Sobald ich euch auf den Weg gebracht habe, fliege ich zu Tatz, damit er den Verteidigern einen Rückzug vortäuscht. Vermutlich werden sie unseren Truppen nachsetzen. Das müsste euch genügend Zeit verschaffen, um die Kinder zu befreien. Ich erwarte euch am Hinterausgang.«

»Königstreppe?«, wiederholte Jim. »Klingt so, als würden da ständig Scharen von Dienern hoch- und runtersteigen. Gibt es keinen unauffälligeren Weg nach unten?«

»Keine Sorge«, beruhigte ihn Goldfeder. »Sie hat ihren Namen nicht, weil sie so majestätisch breit, sondern weil sie so königlich geheim ist.«

»Ah! Aber du kennst sie?«

»Nur den Zugang. Verirrte Vögelchen sind in großen Palästen mit vielen Fenstern keine Seltenheit. Für Perpeto und seine Lakaien ist so ein kleiner Piepmatz wie ich kaum der Beachtung wert, solange er ihnen nicht ins Essen ...«

»Wir müssen das, glaube ich, jetzt nicht vertiefen, mein lieber Freund«, unterbrach Heureka den kleinen Spion.

»Na jedenfalls«, besann sich Goldfeder, »habe ich einmal zwei Diener belauscht, wie sie über die Tränenkelter am Ende der Treppe sprachen.«

»Die ...?« Jim brachte das schreckliche Wort nicht über die Lippen.

»Dort presst der Unhold aus den Kindern die Tränen heraus«, erklärte Heureka. »Sie fließen in eine Rinne im Zentrum der Kelter, von wo aus sie in den See tropfen.«

»Da kommt jemand!«, warnte Morika.

»Vermutlich die Leibgarde des Königs«, piepte Goldfeder leise und erhob sich in die Luft. »Folgt mir!«

Während Jim und die Katze sich an seine Schwanzfedern hefteten, ertönte aus der Gegenrichtung aufgeregtes Rufen und blechernes Klappern. Vielleicht war da Verstärkung für die Verteidiger auf den Mauern im Anzug. Nur wegen der Bogenform des Gangs hatten sich Wachen und Eindringlinge noch nicht gesehen.

»Sie werden uns entdecken, Goldfeder!«, zischte Jim aufgeregt.

»Nein, werden sie nicht«, gab der Vogel leise zurück und flog unvermittelt nach rechts auf ein Ölgemälde zu. Es stellte eine überlebensgroße Maus in einem Laufrad dar.

»Wie geschmacklos! Wo bleibt da der Spaß am Jagen?«, entfuhr es Morika.

»Frag lieber, wie es jetzt weitergeht«, keuchte Jim.

»Zieh rechts am Bilderrahmen«, befahl das Blassrotkehlchen.

Er gehorchte. Wie sich herausstellte, war der Ölschinken eine Tür. Die vier schlüpften hindurch.

Kaum war sie geschlossen, klapperte auch schon die Leibgarde des Königs vorüber.

»Hoffentlich wiederholt sich das nicht allzu oft«, sagte Jim.

Jetzt erst gewahrte er, wohin Goldfeder sie hatte fliehen lassen. Es war ein Gelass von trostloser Schlichtheit. Keinerlei Einrichtungsgegenstände gab es darin, nur ein Modell des Perpetuum mobile und eine Kerze an der Wand.

Der überraschende Kontrast zu dem Prunk draußen ließ Jim unwillkürlich erschauern. »Was ist das für ein Raum?«

»Die Geißelkammer«, antwortete das Blassrotkehlchen. »Hier lässt Perpeto jene auspeitschen, die sich der Todsünde der Unregelmäßigkeit schuldig gemacht haben. Es gibt in fast jedem Stockwerk so einen Ort.«

Aus Jims Unterbewusstsein stiegen düstere Erinnerungen empor. Ihm wurde schwindelig und er schnappte nach Luft. »Damit muss Schluss sein«, sagte er zornig. »Lass uns nachsehen, ob draußen im Gang die Luft rein ist, damit wir Perpeto endlich das Handwerk legen können.«

Morika lauschte an der Tür. »Alles still.«

»Dann los!«

Sie verließen die Geißelkammer und kehrten in den Bogengang zurück.

»Die Geheimtür ist da vorne«, sagte Goldfeder zu Morika.

Ohne weitere Zwischenfälle erreichten sie ein geschnitztes, braunes Holzrelief, das den großen Platz von Rádor mit dem Perpetuum mobile darstellte. Im Hintergrund war der Stadtpalast mit seinem Räderwerk zu sehen. Das Blassrotkehlchen wies Jim an, vier der Räder in einer bestimmten Reihenfolge zu drehen. Nachdem er das getan hatte, ertönte ein *Klick!* und das Relief sprang ihm eine Handbreit entgegen. Ein kalter Windhauch drang durch den Spalt, begleitet von einem unheimlichen Geräusch.

»Geht durch diese Tür und folgt der Wendeltreppe nach unten. Sie endet in der Tränenkelter«, wisperte Goldfeder.

Heureka bedankte sich bei ihrem Meldegänger und schickte ihn zu General Tatz zurück.

Jim musste an die Tiere denken, die sich vor den Palastmauern für sie aufopferten. »Morika und Heureka«, sagte er mit fester Stimme, »ich fürchte, das Schlimmste steht uns noch bevor. Seid ihr sicher, dass ihr mitkommen wollt?«

»Und wenn es mein Leben kostet, auf mich kannst du zählen«, antwortete die Katze entschlossen.

Das Stehauffrauchen zupfte ihm von hinten an den Haaren. »Was soll die Frage, du Schlingel? Meinst wohl, ich stehe hier dumm herum, während ihr die Welt rettet? Auf diesen Moment habe ich länger gewartet als jeder andere hier.«

Er nickte entschlossen. »Na schön. Dann lasst es uns zu Ende bringen.«

Die Tränenkelter

Palast der Tränen (Rád), 4. Tag

Jim bekam eine Gänsehaut nach der anderen. Das Heulen in dem engen Treppenschacht war kaum noch zu ertragen. »Bist du sicher, dass allein der Luftzug dieses Geräusch macht?«, fragte er Heureka.

»Nein«, antwortete sie düster. »Vielleicht vermischt er sich auch mit dem Weinen der Kinder.«

Die Wendeltreppe war ebenso trostlos wie die Folterkammer, nur eine lange kahle Röhre, die hin und wieder von roten Leuchtsteinen erhellt wurde. Abgesehen von einigen Türen in den tiefer gelegenen Stockwerken gab es hier nichts als grauschwarze Steinquader und Stufen.

Jim fühlte sich, als stiege er in den Rachen einer Seeschlange hinab. Die unheimlichen Geräusche wurden lauter, je näher sie der unteren Spitze des Palastes kamen. Bald glaubte er, aus dem allgemeinen Heulen deutlich einzelne Stimmen herauszuhören.

Helle Kinderstimmen.

Bitteres Weinen.

Und dann erreichte er mit Morika und Heureka das Ende der Treppe. Sie mündete in eine Art Dorn, der senkrecht aus der Decke der Kelter ragte. Durch eine offen stehende Tür gelangten sie auf einen umlaufenden, mit einem Geländer versehenen Gang, von dem aus sie den kreisrunden Raum überblicken konnten.

Es war ein unheimlicher Ort, der Jim spontan an den Blütenkelch einer monströsen fleischfressenden Pflanze denken ließ. Nirgends sah er spitze Kanten, sondern nur gerundete glatte Flächen. Sie schimmerten schwarz wie heißes Pech. Über vier Stege konnte man aus dem Zentrum heraus zur Außenwand gelangen, von der aus Treppen in einen ringförmigen Wandelgang hinabführten. Die sich nach unten verjüngende Kammer schien sich im Innern eines riesigen Trichters zu befinden. Nein, sie *war* ein Trichter, sie sammelte Tränen, um diese zur Quelle der Erleuchtung hinabtropfen zu lassen. Wenn sie erlosch, würde es auch in der Kelter finster werden, denn nur durch die Tränenrinne in der Trichterspitze drang Licht herein und wurde von den vielen spiegelnden Flächen im Raum verteilt.

Der Wandelgang umfasste etwas wahrhaft Schreckliches. In der Welt der Sinne hatte Jim nie von solchen Dingen gehört oder gelesen, geschweige denn dergleichen gesehen. Um das zentrale Loch herum waren nach innen geneigte Mulden angeordnet, die ihn in ihrer länglichen Form an große Margeritenblätter erinnerten; dazwischen klafften finstere Lücken. Auf jedem dieser schwarzen »Blütenblätter« lag bäuchlings und kopfunter ein angekettetes Kind.

Die meisten konnten kaum älter als fünf oder sechs Jahre alt sein. Jim zählte insgesamt einundzwanzig. Jedem Jungen oder Mädchen saß ein kleiner schwarzer Papagei im Nacken, der die Kinder mit seinem unaufhörlichen Geplapper zu Tränen rührte. Bitter tropfte ihnen die dunkle Essenz des Leids aus den Augen und lief in einer abschüssigen Furche zur Tränenrinne hinab. Im hellen Zentrum des Trichters sammelte sich das Gift, um irgendwo weiter unten aus seiner Spitze zu tropfen. Vom See aus hatte diese nadelfein ausgesehen, aus der Nähe betrachtet, war der Durchmesser des Abflusses aber so groß, dass zwei oder drei Kinder gleichzeitig hindurchrutschen könnten …

Mit einem Mal machte es *plopp!*

Jim erschrak bis ins Mark, denn mit dem grauenvollen Geräusch war ein kleiner, nur noch schwach wimmernder Junge wie eine löchrige Aufblaspuppe in sich zusammengefallen. Seine Überreste blieben nicht lange liegen. Aus den lichtlosen Nischen beiderseits der blattförmigen Mulde erschienen unvermittelt zwei koboldartige Wesen.

Sie waren so klein wie das Stehauffrauchen, aber spindeldürr, nackt, völlig haarlos, phosphorgrün und sie hatten violette Augen. An ihren langfingrigen Händen befanden sich eitergelbe gebogene Krallen. Damit zogen sie die ausgetrocknete Hülle des Kindes aus den Arm- und Fußfesseln heraus und warfen sie in die Mitte des Trichters. Sie glitt an der spiegelglatten Wand nach unten und verschwand im Loch. Die Schergen huschten zurück in ihre Verstecke.

Schaudernd stellte sich Jim vor, wie der traurige Rest des Kindes tief unten in dem ätzenden Wasser des Sees versank und sich langsam auflöste. Wie lange würde es wohl dauern, bis Perpeto den Knaben ersetzt hatte? Vermutlich brauchte er dazu – sofern Morios Vermutungen stimmten – nur eine Nacht, nur einen einzigen finsteren Traum.

»Das muss sofort ein Ende haben«, knirschte Jim. Seine Rechte krallte sich so fest um den knorrigen Stab, dass die Fingerknöchel bleich hervortraten. Er war zu allem entschlossen.

»Aber leise«, erwiderte Morika.

»Je später die hässlichen Wichte uns bemerken, desto besser für uns«, pflichtete Heureka ihr aus dem Rucksack bei.

Jim schloss die Tür zur Wendeltreppe, damit den Papageien dieser Fluchtweg versperrt war. Dann packte er seinen Stab am unteren Ende, damit er den dicken Wurzelknoten oben wie eine Keule benutzen konnte.

Auf Samtpfoten und Zehenspitzen schlichen die beiden über einen der Stege zur Außenwand und dort die geländerlose Treppe hinab. Noch ehe sie den Wandelgang erreicht hatten, wurden sie entdeckt.

»Alarm! Alarm! Alarm! Alarm ... !«, schrie einer der Papageien wie aufgezogen – bis Morika ihn am Genick packte und verstummen ließ.

Mit einem Mal herrschte in der Tränenkelter das reinste Tohuwabohu. Die Papageien flatterten und krakeelten wild durcheinander. Die grün schimmernden Kobolde stürzten aus ihren Nischen. Die Kinder weinten noch lauter.

Jim setzte Heureka rasch am Rand des Trichters ab. »Warne mich, wenn sich einer der Giftzwerge von hinten an mich heranmacht.«

»Ist gut. – *Jetzt!*«

Fast hätte Jim zu spät reagiert. Er wirbelte herum, sah hinter sich einen Kobold auftauchen und fegte ihn mit dem Knauf des Stabes in den Trichterschlund. Quiekend verschwand er im leuchtenden Loch.

Schon rückten weitere Grünlinge nach. Dicht gestaffelt bildeten sie einen Halbkreis. Sie waren klein, leicht und nicht sehr stark, aber eindeutig in der Überzahl. Aus ihrer Strategie machten sie kein Hehl: Der Außenweltler sollte in die Tränenrinne gestoßen werden.

Mit ein paar ungezielten Schlägen verschaffte sich Jim mehr Raum, um die Wichte von Heureka wegzulocken. Es funktionierte. Offenbar hielten Perpetos grüne Henkersknechte das Stehauffrauchen für harmlos.

Während die Katze unter den kleinen schwarzen Papageien die Federn fliegen ließ, taxierten sich Jim und die Wichte. Jeder wartete auf eine Unachtsamkeit des anderen. Er wusste, dass es kein Zurück mehr gab. Langsam zog er den Räuberdolch aus dem Gürtel. Falls ihm einer der Giftzwerge zu nahe kam, würde er die rasiermesserscharfe Klinge zu spüren bekommen.

Dann stürzte er sich mit wildem Geschrei auf die geschlossenen Reihen des Gegners.

Jims Keule fegte wie ein Dreschflegel durch die Phalanx der Wichte. Knochen gingen wie Glasstäbe zu Bruch. Viele Getroffene sanken bewusstlos zu Boden. Andere wurden in den inneren Trichter gefegt und verschwanden im Loch. In dem wütenden Kampf bewährte sich Heureka durch kurze präzise Warnrufe. Fast war es so, als habe Jim am Hinterkopf ein zweites Paar Augen. Trotzdem durchbrachen manche Grünlinge den Keulenwirbel und fügten Jim mit ihren Krallen schmerzhafte Kratzwunden zu.

Einem dicken kleinen Wicht gelang es, zwischen den niedergedroschenen Kumpanen hindurchzuschießen und Jim an die Gurgel zu gehen. Spitze Krallen bohrten sich in seinen Hals, große violette Augen starrten ihn böse an. Der Kobold öffnete den Rachen und präsentierte ein Gebiss nadelfeiner Zähne. Sein Atem roch nach Verwesung und faulen Zwiebeln.

Jim musste sich fast übergeben. Tränen schossen ihm in

die Augen. Undeutlich vernahm er Heurekas aufgeregte Stimme. Sie rief nach der Katze. Er riss den Dolch hoch, aber ehe die Klinge seinem Gegner etwas antun konnte, hatte ein anderer Wicht sie ihm aus der Hand geschlagen. Weitere hängten sich an seinen Wurzelstab und zerrten mit vereinten Kräften daran.

»Ich werde mir deinen Adamsapfel schmecken lassen«, sagte der Grünling mit gehässiger Stimme.

Jim spannte die Muskeln und ächzte vor Anstrengung, aber er konnte seine Arme nicht mehr bewegen, um das kleine Biest abzuschütteln. In Gedanken zog er schon einen Schlussstrich unter sein Leben. Vielleicht, so hoffte er, würde man sich wenigstens an seinen Namen erinnern: Ritter Jim von Sinnenwelt war einer der vielen, die Perpeto herausgefordert und dabei versagt hatten.

Plötzlich spürte er ein weiteres Gewicht auf den Schultern. Ein neuer Kobold? Dann hörte er ein Fauchen. Sein verschleierter Blick nahm nur einen Schemen wahr, der sich auf den Grünling an seinem Hals stürzte. Ein schriller Schrei hallte durch die Kelter und der Wicht fiel von Jim ab. Im nächsten Moment drang Morikas zornig-entschlossene Stimme an sein Ohr.

»Kommt nur her, ihr kleinen Ungeheuer. Ich kratze euch allen die Augen aus.«

Die Rettung durch seine Freundin verlieh Jim neue Kraft. Mit einem wütenden Schrei drehte er sich um die eigene

Achse und schüttelte mehrere Kobolde ab. Einige wurden geradewegs in den Trichterschlund geschleudert. Kaum hatte er die Hände frei bekommen, ließ er abermals seinen Stab durch die Reihen der Gegner pflügen. Auch den dicken Kobold, der sich mit den Händen die geschundenen Augen hielt, traf die Wucht seines Zorns – besinnungslos ging er zu Boden. Und dann geschah etwas Überraschendes.

Die Grünlinge zogen sich zurück. Sie huschten die Stufen an den Außenwänden hinauf zu den Stegen, flitzten zum Dorn, stießen die Tür auf und flohen über die Wendeltreppe aus der Kelter.

Keuchend sah Jim sich in der runden Kammer um. Überall lagen schwarze Federn, tote Papageien, bewusstlose oder sich vor Schmerzen windende Kobolde. Die Jungen und Mädchen in den Mulden wimmerten, weil sie nicht wussten, was um sie herum geschah. Er bedankte sich bei seinen zwei Gefährtinnen für die Rettung in letzter Sekunde.

»Dafür ist später noch genug Zeit«, antwortete Heureka. »Die grünen Biester werden Alarm schlagen. Lasst uns die Kinder befreien und sie rausschaffen, ehe die Wachen kommen.«

Jim hob den Dolch vom Boden auf. »Ob ich damit die Fesseln lösen kann?«

»Guck dir mal den Dicken genauer an«, empfahl ihm Morika und deutete auf den bewusstlosen Kobold, dem sie die Augen zerkratzt hatte. Er trug einen Schlüssel um den Hals.

»Scheint hier so etwas wie der Keltermeister zu sein«, sagte Jim und nahm dem Wicht den Schlüssel ab. Damit lief er zur nächsten Mulde, in der ein Mädchen in einem rosafarbenen Kleid leise schluchzte. Es erinnerte ihn an seine vierjährige Schwester Eileen. Er war nahe daran, selbst in Tränen auszubrechen. Weil der zierliche Körper der Kleinen vor Furcht bebte, legte er zunächst seinen Stab nieder, streichelte ihr übers Haar und sprach beruhigend auf sie ein. »Hab keine Angst. Ich mache dich jetzt los. Halte dich an den Ketten fest, damit du nicht in den Trichter rutschst.«

Als sie nicht mehr zitterte, löste er zunächst ihre Handfesseln. Plötzlich fauchte Morika und gleich darauf hallte eine knarrende, gebieterische Stimme durch den Raum.

»Untersteh dich, meine Kinder anzurühren!«

Schlagartig wurde es still im Raum. Alle Jungen und Mädchen verstummten, selbst die verletzten Grünlinge wagten nicht länger zu jammern.

Jim erschauerte. Weder er noch seine Gefährtinnen hatten jemanden kommen hören. Er blickte zum Wandelgang hinauf und war einigermaßen überrascht. Der Stimme nach hatte er mit einer stattlichen Erscheinung gerechnet, aber dort stand nur ein gebeugtes, verhutzeltes, altes Männlein, kaum größer als er selbst. Um wen es sich dabei handelte, war für ihn gleichwohl keine Frage. In Rád maßte sich wohl nur einer an, die armen Kleinen in der Kelter »meine Kinder« zu nennen.

Der Herr des Tränenpalastes.

Perpetos Äußeres war allerdings wenig königlich: kein scharlachroter Mantel, kein Hermelinpelzkragen und auch keine Krone. Anzug und Umhang hatten vielmehr die Farbe von Ruß; auf Letzterem schimmerten immerhin einige silberne Radmotive. In der Rechten hielt er eine Kette mit glänzenden schwarzen Perlen, die unablässig durch seine Finger glitten. Sein verschrumpeltes, warzenübersätes Gesicht war spitz. Wie bei einer uralten Ratte. Hinzu kamen dünnes weißes Haar, bleiche Haut und rote Augen. Ein Ratten-*Albino*, korrigierte sich Jim. Dann aber leuchtete in seinem Geist eine Erinnerung auf.

»Der Greis vom Messertor!«, entfuhr es ihm überrascht. Ganz oben, wo der Schlussstein das schwarze Bauwerk zusammenhielt, hatte er Perpetos hässliche Fratze gesehen, ohne zu ahnen, wen sie darstellte.

»Ganz richtig«, sagte dieser mit einem selbstgefälligen Lächeln. »Du weißt also, wer ich bin, fremder Jüngling?«

»Und ob!«, antwortete Jim trotzig. Im Kopf schätzte er seine Lage ab. Sollte es zum Kampf kommen, dann war er in der abschüssigen Mulde im Nachteil. Deshalb griff er blitzschnell nach dem Stab, schoss die Mulde hinauf und schwang sich in den Wandelgang.

Mit fünf oder sechs weiteren schnellen Schritten hätte er den Alten erreichen können, doch er zögerte. Sein Gegner war bestimmt alles andere als wehrlos, vermutlich sogar ziemlich gefährlich. Morika sah das wohl genauso, denn sie war hinter dem Stehauffrauchen in Deckung gegangen und machte einen Katzenbuckel. Jim bemühte sich um eine feste Stimme. »Sie sind Perpeto, der Herr des Tränenpalastes und König von Rád.«

»Ich bin nicht nur der Herrscher dieser Welt. Ich *bin* Rád!«, stellte der Greis klar und warf Heureka einen abschätzigen Blick zu. Das Stehauffrauchen war vor Schreck wie erstarrt. Danach richtete er das Wort wieder an Jim: »So weit wie du hat es noch niemand geschafft. Wer bist du und was willst du hier?«

»Mein Name ist Jim. Die Welt der Sinne ist meine Heimat und ich komme, um die Kinder zu befreien.«

»Dazu müsstest du erst mich bezwingen.«

Jim umklammerte den Stab in seinen Händen fester. »Wenn es nötig ist.«

»Bist du sicher, dass du das willst?«, erwiderte Perpeto lachend. Plötzlich geschah etwas Unheimliches.

Sein Gesicht wurde jünger.

Ein Schauer lief Jim über den Rücken. Er deutete mit dem Stab auf die jetzt still daliegenden Kinder in den Mulden. »Was Sie diesen Jungen und Mädchen antun, das ist böser als böse. Damit muss Schluss sein.«

Während Perpeto eine Perle durch seine Finger gleiten ließ und sich sein Antlitz weiter verjüngte, antwortete er: »Ich ernte nur, was andere gesät haben. Kein Grund, sich darüber

aufzuregen, Jim von Sinnenwelt. Solange es Kinder gibt, werden sie auch ausgepresst und geknetet wie Trauben in einer Weinkelter. Das ist nicht nur in Rád so, sondern in jeder Welt. Kinder sind das, was kommt – die Zukunft. Wer sie nach seinem Willen formt, kann also in Wirklichkeit die Welt umgestalten, wie es ihm beliebt. Das war nie anders und wird sich auch nie ändern. Ich finde das gut so und kann mir auch nicht vorstellen, dass deine Welt da eine Ausnahme macht, oder?«

Jim bebte vor Zorn. Was sollte er darauf antworten? Irgendwie hatte dieses Scheusal sogar recht … *Nein!* Er schüttelte den Kopf, um die lähmenden Gedanken abzuschütteln. »Das war schlecht, ist schlecht und wird immer schlecht sein, hier und überall. Und deshalb muss dieses grausame Treiben ein Ende haben.«

Die letzten Runzeln waren aus Perpetos Gesicht verschwunden. Seine Lippen kräuselten sich zu einem boshaften, jugendlichen Lächeln. »Bist du sicher, dass du am Ende nicht dich selbst bekämpfst, wenn du gegen mich zu Felde ziehst?«

Sämtliche Härchen an Jims Körper richteten sich auf, als er unvermittelt in sein *eigenes* Gesicht blickte. Mit offenem Mund starrte er den König an. Was wollte der ihm damit zeigen? Etwa, dass in jedem ein Perpeto steckte? Diese bösartige Unterstellung machte Jim noch wütender. Es mochte ja stimmen, dass der Mensch ein »Gewohnheitstier« war. Das Bedürfnis nach Halt und Geborgenheit förderte eben eher das Festhalten am Alten, vermeintlich Bewährten als die Suche nach dem Neuem und Ungewissen. Wer sich so zu schützen suchte, war vielleicht ein Zauderer, aber kein Zauberer, keiner, der mit dunklen Künsten seine Macht zu mehren suchte wie der König von Rád.

»Das ist eine Lüge! Ich bin nicht wie du«, schrie Jim und stürmte mit erhobenem Stab auf den Herrn des Tränenpalastes zu. Kurz bevor er diesen erreichte, holte er aus und ließ die Keule nach unten fahren.

Der Wurzelknauf sauste ins Leere.

Perpeto hatte sich unvorstellbar schnell zur Seite geduckt, war um den Angreifer herumgetänzelt und rief jetzt hinter ihm: »Hier bin ich!«

Jim wirbelte herum, den Stab in den ausgestreckten Händen haltend. Doch abermals wich Perpeto mit atemberaubender Geschwindigkeit vor dem Schlag zurück. Jim setzte sofort nach und hieb wie ein Schwertkämpfer mal von links, dann wieder von rechts. Aber nie kam der König ernsthaft in Bedrängnis. Schließlich – vielleicht, weil Perpeto fast bei Heureka angelangt war und sich nicht in die Zange nehmen lassen wollte – riss er Jim die Waffe mit einer blitzschnellen Bewegung aus den Händen. Der Stab flog gegen die Wand, zerbrach in zwei Teile und fiel zu Boden.

»Schluss jetzt!«, befahl der König gebieterisch.

Jim blieb wie angewurzelt stehen. Er wusste weder, was er jetzt tun sollte, noch, was er sagen konnte.

Perpeto nickte zufrieden. »Du siehst hoffentlich ein, dass du mich nicht besiegen kannst.« Seine Worte sollten den Jungen zweifelsohne entmutigen, doch sie bewirkten genau das Gegenteil.

Jim reckte aufmüpfig das Kinn vor. »Wenn nicht ich, dann wird es ein anderer tun.«

»Nein. Da irrst du. Das ist unmöglich, weil es den Lauf der Welt verändern würde.«

»Vielleicht muss das manchmal sein, um etwas Schlechtes loszuwerden.«

»Was redest du da, Junge! In einer Welt, die wie ein Uhrwerk abläuft, kann gar nichts Übles aufkeimen, weil alles, was kommt, schon da gewesen ist.«

Jim schüttelte den Kopf. »Das verstehe ich nicht. Wieso sollte etwas nur deshalb richtig sein, weil's schon immer so gemacht wurde?«

»Weil ich das sage. Ich *bin* Rád und niemand kennt das Wesen dieser Welt besser als ich. Du dagegen ...« Perpetos Blick streifte abschätzig das Mal auf Jims Hand. »Du bist nur ein Narr und ein Knabe dazu.«

»In meiner Welt gibt es ein Sprichwort: ›Kinder und Narren reden die Wahrheit.‹«

»Ha!«, lachte der König und deutete auf seine Visage, ein Babygesicht mit speckigen Wangen. »Bin ich nicht auch ein Kind? In mir spiegelt sich das ganze Rad des Lebens. Deshalb sage ich auch die Wahrheit, nichts als die Wahrheit ...«

Während Perpeto die Floskel wiederholte, so wie ein Leierkasten das immer gleiche Lied, und sein Gesicht darüber abermals älter wurde, suchte Jim verzweifelt nach einem Weg, sich aus dieser Zwickmühle zu befreien. Den König irgendwie umzustimmen – das konnte er wohl vergessen. Perpeto würde nie seinem Glauben an die heilige Wiederholung abschwören. Offenkundig redete er sich die Welt schön, indem er alles so lange vereinfachte, bis es in seine Heilslehre passte. Jims Blick wanderte zu seiner Behelfskeule, dem zerbrochenen Stecken auf dem Boden. Er würde es wohl nicht schaffen …

Mit einem Mal stockten seine Gedanken. Wie hypnotisiert starrte er auf den Stab, der einst Barasan aus Arúm gehört hatte, oder vielmehr auf den Knauf, diesen Knoten aus kleinen Wurzelsträngen. Sie folgten keiner erkennbaren Ordnung, waren willkürlich und wirr, gänzlich frei von jeder Wiederholung!

Eben nicht von dieser Welt.

»… und nichts als die Wahrheit und nichts als die Wahrheit und nichts …« Unvermittelt verstummte Perpeto. Nur das leise Klicken der Perlenkette war zu hören, während er Jim taxierte. »Heckst du etwas aus, Narr? Lass es sein, denn es gibt nichts Neues auf der Welt. Deshalb durchschaue ich jede deiner Finten.«

Jim verschränkte die Arme über der Brust. »Ich habe in Rádor Bettler gesehen und viele, die mit ihrer Arbeit kaum ihren Lebensunterhalt bestreiten können. Andere stehlen, um nicht zu verhungern. Du könntest durch Neuerungen ihr Leben verbessern.«

Perpeto warf Heureka einen argwöhnischen Blick zu, doch sie stand auf ihrer Halbkugel unverändert reglos da. »Neuerungen sind nur Illusion. In Wirklichkeit war alles schon einmal da. Es ist widernatürlich, sich gegen die Wiederholung aufzulehnen.«

»Ich bin erst elf, aber ich habe schon einige Verbesserungen erlebt.«

»Wieso belügst du mich? Du bist mindestens sechzehn.«

»Das sieht nur so aus. Die Quelle der Erleuchtung hat mich älter gemacht.«

»Nein, sie hat nur dein wahres Inneres zum Vorschein gebracht. Aber das spielt letztlich keine Rolle. So oder so bist du zu jung, um mir etwas über den Lauf der Welt zu erzählen. Das Rad der Geschichte ist groß. Manches kehrt erst nach Tausenden von Jahren wieder. Aber es kehrt wieder. *Alles* wiederholt sich.«

»Mein Onkel hat einmal gesagt, nichts ist beständiger als der Wandel.«

Perpeto streckte jäh den Arm aus, als wolle er mit dem Zeigefinger Blitze auf Jim abschießen. »Jetzt hast du dich in deinen eigenen Worten gefangen. Wenn nichts beständiger als der Wandel ist, beweist das doch nur, dass auch die *scheinbaren* Veränderungen in deiner Welt nur einem höheren Gesetz folgen: dem Gesetz der Wiederholung. Alles, was Starrköpfe wie du tun können, ist, Sand ins Getriebe zu streuen. Du magst es zum Knirschen bringen, aber den Lauf der Welt kann ein bettelarmer Narr wie du nicht verändern.« Er grinste das Stehauffrauchen triumphierend an, das aber keine Miene verzog.

Jims Augen sprangen zwischen dem Wurzelknauf, dem König und Heureka hin und her. Sie hatte einmal gesagt, Perpeto müsse sich die Fesseln selbst anlegen. »Es gibt also wirklich *nichts* Neues auf der Welt? Alles wiederholt sich?«

Der Herr des Tränenpalastes lächelte. »Endlich hast du's begriffen.«

»Dann erkläre mir, wie Rád ins Dasein kam.«

Perpeto stutzte. »Was spielt das für eine Rolle, wie meine Welt entstanden ist? Hauptsache, sie ist da und wir leben darin.«

»Aber irgendwann muss sie doch einen Anfang gehabt haben.«

»Mag sein. Und irgendwann wird sie auch ein Ende finden. Um dann erneut wie ein Phönix aus der Asche zu steigen. Selbst ich bin nicht alt genug, um ganze Zeitalter zu überblicken, aber glaube mir: Alles pulsiert im ewigen Rhythmus. Das Universum ist ein Perpetuum mobile.«

»Ist es nicht.«

»Ist es doch. Perpeto lügt nie. Ich sage die Wahrheit, nichts als die Wahrheit, nichts als … «

»Ist es nicht.«

»Ist es doch.«

»Beweise es.«

Perpeto zuckte zusammen. »Was?«

»Das ewige Werden und Vergehen deiner Welt – beweise es mir. Du hast doch behauptet, du selbst seist Rád. Springe in die Quelle der Erleuchtung. Zeige mir, wie dein Phönix aus der Asche steigt.«

In diesem Moment sah Perpeto sehr alt aus. Seine roten Augen funkelten, während er zur Tränenrinne blickte. Er machte einen Schritt auf den Rand des inneren Trichters zu, als könne er dadurch in den von schwarzer Bitternis kochenden See blicken. Die Stille wurde nur vom leisen Klicken der Perlen gestört, die durch seine Finger glitten. Erwog er ernsthaft, den geforderten Beweis zu erbringen?

Dann aber wandte er sich unvermittelt Jim zu und sagte: »Mir ist gerade etwas Besseres eingefallen. Ich werde *dich* in den See werfen, dann gibt es einen Quälgeist weniger hier.« Er hob in einer beschwörenden Geste die Arme und rief: »Herbei, ihr Häscher! Stoßt sie in die Rinne.«

Mit einem Mal regnete es Kobolde. So jedenfalls kam es Jim vor. In Wahrheit hatten die Grünlinge sich längst auf die Laufstege geschlichen und nur auf einen Befehl ihres Herrn gewartet. Jetzt schwangen sie sich scharenweise in den Wandelgang hinab und stürzten sich auf Jim und Morika. Der Katze sträubte sich das Fell, sie fauchte und ergriff die

Flucht. Nur von dem still dastehenden Stehauffrauchen nahm niemand Notiz.

Jim verteilte Fausthiebe und Fußtritte. Ein Wicht flog im hohen Bogen genau in den Tränenschlund. Zwei andere prallten mit den Köpfen zusammen und blieben mit verdrehten Augen liegen.

Plötzlich hörte Jim hinter sich den gellenden Schrei der Katze. Er warf erschrocken den Kopf herum und sah Morika in den Klauen von sechs Kobolden.

Sie zappelte und riss einen ihrer Vorderläufe los. Ein Wicht bekam ihre Krallen ins Auge und zog sich brüllend zurück. Die übrigen fünf packten sie aber umso fester und schleuderten sie mit Schwung in den Abfluss der Tränenrinne. Kreischend verschwand sie im Loch.

»Mörder!«, rief Jim. Sein Innehalten hatte ihn endgültig die Freiheit gekostet. Mindestens ein Dutzend Grünlinge hingen wie Kletten an ihm.

Perpeto lachte gehässig. »Das ist das heilige Gesetz der Wiederholung: Die Starken töten die Schwachen.«

Obwohl sich Jim mit Händen und Füßen gegen die Kobolde wehrte, konnte er nichts mehr gegen sie ausrichten. Es waren einfach zu viele. Sie schoben ihn zum Rand des inneren Trichters und versuchten, ihn darüber hinwegzustoßen. Zwar stemmte er sich dagegen an, spürte aber, wie seine Kräfte schwanden. In dem Geziehe und Gezerre streifte sein Blick erst Heureka, die nach wie vor unangetastet hinter Perpeto stand, und dann einmal mehr den Wurzelknauf des zerbrochenen Stabes …

»Wartet!«

Der Befehl war von Jim gekommen, ein verzweifeltes letztes Aufbäumen gegen sein Schicksal. Erstaunlicherweise hob Perpeto die Hand.

Seine Häscher verharrten, ohne Jim loszulassen.

»Hast du noch einen letzten Wunsch?«, fragte der König.

Jim keuchte. Es dauerte eine Weile, bis er genug Luft zum Antworten gesammelt hatte. »Nur … Nur eine Frage. Du meintest vorhin, so weit wie ich hätte es noch niemand geschafft. Dann bin ich also der erste Außenweltler in deinem Palast. Du hast gesagt, du sprichst immer die Wahrheit. Damit hast du selbst bestätigt, dass ich etwas Neues in deinem Reich bin.«

»W-was …?« Perpeto war wie vom Donner gerührt.

In diesem Moment der Unachtsamkeit kippte Heureka ihren Oberkörper mit Schwung nach vorn, traf den König mit der Stirn am Hinterteil und stieß ihn über den Rand des inneren Trichters.

Perpeto kullerte und rutschte schreiend an einem kleinen Jungen vorbei, hinein in die Tränenrinne, genau auf die Öffnung im Zentrum zu. Er strampelte verzweifelt mit Armen und Beinen, um seinen Abgang irgendwie aufzuhalten, doch nirgends fand er auf dem glatten Untergrund Halt. So glitt er, die Füße voran, in den Tränenschlund.

Dort blieb er stecken.

Im letzten Moment hatte er die Arme auseinandergerissen und hing nun wie ein Hammer in einem Abflussloch.

»Das wirst du mir büßen«, zischte er in Jims Richtung und stemmte sich mit den Händen in die Höhe.

Plötzlich ging ein Ruck durch seinen Körper. Er riss entsetzt die Augen auf und versuchte hektisch über seine Schulter zu sehen, als kröche ihm etwas absolut Grauenhaftes den Rücken herauf. »W-was ... ist?«, stammelte er.

Da tauchte hinter seinem Kopf Morika auf und pflügte ihm mit sämtlichen Krallen durchs Gesicht.

Perpeto brüllte vor Schmerz und seine Arme wurden kraftlos, lange genug, um von seinem eigenen Gewicht in den Tränenschlund gezogen zu werden. Doch ehe er ganz darin verschwand, stieß sich Morika von seinem Kopf ab und sprang mit einem überkätzischen Satz zum Trichterrand.

Sie hätte es trotzdem nicht bis auf den Wandelgang geschafft, wenn Jim nicht seine Hand nach ihr ausgestreckt hätte, um sie aufzufangen. Schmerzhaft ritzten ihre Krallen in seine Haut.

»Ich hab dich«, rief er und zog sie an seine Brust.

Im Gegensatz zur Kletterkünstlerin aus Felidas fand Perpeto nirgends Halt. Mit einem schnell leiser werdenden Schrei stürzte er in die Tiefe, mitten in den See.

»Ein bühnenreifer Abgang, zum ersten und zum letzten Mal«, prophezeite Morika.

Sie sollte recht behalten. Die vergifteten Fluten lösten den Herrn des Tränenpalastes binnen Kurzem restlos auf und er ward in Rád nie mehr gesehen. Seine Kobolde ergriffen sofort panisch die Flucht. Jetzt, ohne ihren Herrn, waren sie die armen Narren – ihrer Macht beraubt, nur noch ein Nichts.

Die Heilung

Quelle der Erleuchtung (Rád), 7. Tag

Seit dem Untergang von Perpeto geschah Wundersames am Himmel von Rád. Eine Sonne gab es zwar nach wie vor nicht, jedoch war für jeden guten Einfall, den jemand in den vergangenen drei Tagen verwirklicht hatte, ein Stern am Firmament erstrahlt. Man sah diese glitzernden Spuren neuer Ideen allerdings nur nach dem allabendlichen Abzug der Wolken.

Auch das war neu, der Wechsel von Tag und Nacht. Kaum jemand beklagte sich darüber, obwohl er sich doch regelmäßig wiederholte: Zwölf Stunden funkelten die Sterne und ebenso lange strahlte hell der Ringmond über dem verlassenen Tränenpalast. Die Rückkehr des Lichts ging von dem See aus, der seine Leuchtkraft zurückgewonnen hatte. Sogar die Farben ließ er schillern wie seit Ewigkeiten nicht mehr.

Am Ufer standen jetzt Jim und seine Gefährten: Heureka, Morika, General Tatz, Goldfeder, Barbarus, Morio und viele andere, die in der Schlacht auf der Klippe ihren Mut bewiesen hatten. Sogar viele Kinder aus dem Tränenpalast waren mit ihrem Retter zur Quelle der Erleuchtung marschiert.

Nach der Kapitulation der königlichen Garde hatte Jim einen um Gnade flehenden Diener des Königs über die Entführten ausgefragt. Der reumütige Lakai zeigte ihm daraufhin den Kerker des Palastes, wo sie genau dreiundsechzig weitere verängstigte Jungen und Mädchen befreiten. Die meisten waren körperlich in gutem Zustand. Durch ihre Rettung geradezu beflügelt, wollten sie unbedingt am Ehrengeleit für den Retter von Rád teilnehmen. Die wenigen, die zu schwach für die beschwerliche Wanderung ins Tal waren, hatte Heureka in die Obhut fürsorglicher Tiere gegeben.

Der Tränenpalast indes blieb verwaist zurück, ein schwarzes Mahnmal, zur Warnung der Nachgeborenen. Nie wieder sollte ein Perpeto an die Macht gelangen.

Am Fuß der Klippe hatten sich Räuberhauptmann Greifer und seine Kumpane dem Festmarsch angeschlossen. Sie waren über Nacht zu braven Bürgern geworden und hatten ihren früheren Verfehlungen abgeschworen. Endlich könnten sie etwas Sinnvolles machen, erklärten die Einäugigen übereinstimmend, als habe das allwöchentliche Plündern der Stadtkasse sie schon immer angeödet. So war aus Jims Rückkehr zur Quelle der Erleuchtung ein Triumphzug geworden.

Es gab auch einige Ewiggestrige, die sich abfällig über den Befreier von Rád äußerten oder ihn sogar aufgeregt beschimpften. Sie sehnten sich zurück nach Perpetos strengen Repetitionsgesetzen – den Wiederholungsverordnungen und Veränderungsverboten –, weil diese ihnen Vergünstigungen und Sonderrechte eingebracht hatten. Nun waren aus einstigen Nutznießern enttäuschte, niedergeschlagene Verlierer geworden.

Vor allem der Schultheiß von Rádor litt ganz außerordentlich unter der plötzlichen Sinnlosigkeit seiner Gebetsmühlen und dem Wegfall aller königlich angeordneten Wiederholungen, die ihm Macht, Wohlstand und seinem Leben ein festes Gefüge verliehen hatten. Es heißt, Lamento III. sei nach dem Kreislauf des immer Gleichen regelrecht süchtig gewesen und habe sich flugs ein großes Hamsterrad bauen lassen, in dem er fortan täglich stundenlang trete und trete und trete und trete ...

Nun ist nicht alles Neue zwangsläufig gut, doch Schlechtes ewig zu wiederholen, hieße jeden Fortschritt im Keim zu ersticken – die extremste Form der Wiederholung ist der Stillstand. In seiner stumpfsinnigen Unterwürfigkeit war dem Schultheißen diese letzte Konsequenz von Perpetos »Heilslehre« offenbar entgangen. Besser als er hatte Heureka diesen verqueren Glaubenssatz verstanden, der vom König und seinen Schergen für ein ehernes Naturgesetz gehalten worden war. Anders lässt sich kaum erklären, weshalb sie das reglose Stehauffrauchen in der Tränenkelter kaum beachtet hatten. Es war für sie am Ende regelrecht unsichtbar geworden. Nur so könne Perpeto besiegt werden, hatte Heureka schon früh erkannt: indem er sich selbst die Fesseln anlegte. Damit hatte sie ihn im wahrsten Sinne des Wortes – mit einem kleinen Schubs – zu Fall gebracht.

Das Wiedersehen mit Morio war für Jim ein Moment kaum zu bändigender Gefühle gewesen. Sie fielen sich vor der windschiefen Hütte des Grimps wie alte Freunde um den Hals. Jim kämpfte mit den Tränen.

»Ich hatte bei meinem Aufbruch nicht gewusst, dass Außenweltler sich hier nur gegenseitig satt machen können und du deshalb ohne Morika früher oder später hättest verhungern müssen. Sie mir als Begleiterin mitzugeben war ein großes Opfer. Danke, Morio.«

»Nicht doch«, zierte sich der. »Diese Katze hat sowieso ihren eigenen Kopf. Außerdem war mir klar, dass niemand außer dir das Licht der Phantasie neu entfachen konnte. In den letzten Tagen erstrahlt die Quelle wie entfesselt. Das kann nur eins bedeuten: Sie heilt sich selbst und sie tut dies schneller, als man es je vermuten konnte. Gibt es einen schöneren Beweis für die Kraft der Phantasie?«

»Dann können die Kinder und wir anderen Außenweltler jetzt nach Hause zurückkehren?«

»Was den Hüter der Quelle betrifft, so wird er seine morsche Hütte renovieren, sich ein paar neue Kleider kaufen und den See noch eine Weile im Auge behalten. Aber für dich und die anderen dürfte das Tor wieder offen stehen. Trotzdem: Lass uns zu deiner Sicherheit eine Probe machen.«

Gemeinsam waren die Gefährten zum Seeufer hinabgestiegen. Unterwegs hatte Morio eine halb verwelkte Mondblume abgepflückt, deren silbergraue, an den Rändern braun vertrocknete Blütenblätter wie die Mulden in der Tränenkelter geformt waren. Jetzt tauchte der Grimp die Blume in das gleißende Wasser des Sees, zählte langsam bis zehn und zog sie wieder heraus.

Die Blume sah wieder so frisch aus wie eben erst aus der Knospe befreit. Ja, mehr noch: Jedes Blütenblatt hatte eine andere Farbe!

Morio strahlte bis über beide Ohren. »Was für ein schöner Beweis für die Macht der Träume! Sie ist in die Quelle der Erleuchtung zurückgekehrt. Das heißt, deiner Heimkehr steht nichts mehr im Weg.«

Jim betrachtete versonnen die leuchtenden Farben der Mondblume. »Weißt du, was ich glaube? Perpeto muss wie wir vor langer Zeit durch die Quelle hierhergekommen sein.«

Morika nickte. Sie war General Tatz in den letzten Tagen nicht mehr von der Seite gewichen. Jetzt hatte sie sich an seine Schulter gekuschelt und sah so glücklich aus, wie es wohl nur bei frisch Verliebten möglich war. Ihr nun schneeweißer, weicher, dichter Pelz bildete einen herrlichen Kontrast zum schwarzen Fell des Luchses. »Der König sagte zwar

immer: ›Ich *bin* Rád.‹ Aber wenn das stimmte, dann hätte diese Welt mit ihm untergehen müssen.«

»In gewisser Weise ist sie das ja auch«, bemerkte Heureka. Nach Perpetos Auflösung waren ihr zwar keine neuen Beine gewachsen, aber ihre alte Selbstständigkeit hatte sie trotzdem zurückgewonnen: Sie saß jetzt in einem Rollstuhl, den ein Handwerker aus Rádor für sie erfunden hatte – und nun funkelte ein schöner Stern für diese wunderbare Idee am Himmel von Rád.

Morio kratzte sich am Arm. »Ich glaube, Perpeto hat sich wie die Verkörperung dieser Welt *gefühlt* und vielleicht sogar fest daran geglaubt.«

Jim seufzte. »Hoffentlich kommt nicht bald ein neuer Heilsprophet, der euch mit seiner teuflischen Lehre zu knechten versucht.«

Der Grimp breitete die Arme aus. »Das ist nun mal der Preis, den jeder bezahlen muss, der aus der Quelle der Erleuchtung schöpfen will. Aber man braucht den Dummschwätzern ja nicht wie eine Hammelherde hinterherlaufen.«

Jim wurde es schwer ums Herz, denn er wusste, dass er seinen Freunden nun Lebewohl sagen musste.

»Mach es kurz. Du kommst ja wieder«, sagte Morio.

»Was ...?«

Der Grimp lächelte. »Im Phantaversum gibt es ein Naturgesetz, an das sogar die Weltenschöpfer gebunden sind und das sie zu wahren *Weltenmeistern* macht: Was einmal von ihnen gepflanzt wurde, müssen sie pflegen, damit es weiter gedeiht. Da bleibt es meist nicht aus, dass man ab und zu persönlich vorbeischaut und nach dem Rechten sieht.«

Jim entsann sich einer ähnlich lautenden Passage im *Kodex der Phantanauten*, der den Neophyten als Einführung ausgehändigt worden war. Mit einem Mal verspürte er großes Heimweh. Er wünschte sich zurück in seine Welt, nach Brendan Castle, zu Lena, Lord Alistair, den anderen Phantanauten und zu seiner Familie.

Nur den Riemen wollte er nie wiedersehen.

Es ließ sich nicht ganz vermeiden, dass Tränen flossen, als Jim sich von seinen Freunden verabschiedete. Aber diesmal waren es keine bitteren Tränen. Sie schmeckten salzig wie das Meer, das voller Leben ist.

»Ich vermute, du hast es auch nicht eilig, nach Felidas zurückzukehren«, sagte Jim zum Morika, die sich zwischen an der Seite von Tatz sichtlich wohlfühlte.

Die Katze mauzte. »Wie konntest du das nur erraten? Es ist ein wunderbares Gefühl, so wie Tatz und ich jeden Tag neue Gemeinsamkeiten zu entdecken. Außerdem muss ich ja noch eine Menge Lieder schreiben, damit deine Heldentaten auf Rád in Ewigkeit besungen werden.«

»Treib's nicht zu bunt, Samtpfote.«

»Die Phantasie ist immer bunt, Ritter Jim.«

»Der Sieg über Perpeto hat viele Kinder – ich bin nur eines davon.«

»Das werde ich gebührend berücksichtigen.«

Nachdem sich Jim von allen verabschiedet hatte, stieg er langsam in den See. Das strahlende Nass war erfrischend und trotzdem warm. Es spülte förmlich alles von ihm ab, was noch an Müdigkeit von den Strapazen der vergangenen Woche an ihm haftete. Je tiefer er ins Wasser watete, desto kräftiger fühlte er sich. Als nur noch sein Kopf herausschaute, drehte er sich noch einmal um und winkte.

Seine Freunde am Ufer brachen in Jubel aus.

»Hab keine Angst!«, rief Morio und winkte zurück.

Jim nickte ihm zu und tauchte unter.

Überall war Licht. Einen Moment lang glaubte Jim, selbst ein Teil des Strahlens zu sein. Ein wenig Beklemmung empfand er trotzdem, während er sich tiefer sinken ließ. Bald wurde das Leuchten schwächer, bis nur noch ein großer Kreis über ihm glühte. Er sah aus wie ein Auge, das auf ihn herabschaute. Dann verblasste es und ihn umfing Dunkelheit.

Nein, es war nicht völlig finster. Mit einem Mal entdeckte er kleine, bunt leuchtende Punkte. Einem Insektenschwarm gleich schwirrten sie um ihn herum. Und dann erblickte er wieder ein großes Licht. Es war unter ihm … Nicht doch!, korrigierte er sich. *Über* ihm leuchtete das schönste Blau, das er je gesehen hatte. Er musste sich nur umdrehen.

Unvermittelt spürte er einen Ruck um den Bauch herum. Jemand zog ihn nach oben. Überrascht langte er mit der Hand hinter sich und fand dort ein straffes Seil. Es war die Rettungsleine, mit der Lord Alistair ihn gesichert hatte. Jim blickte in die Tiefe, wo das vielfarbige Gefunkel rasch schwächer wurde.

Plötzlich sah er verschwommen einen gigantischen Schatten. Waren da ein Kopf, ein langer Hals, ein kolossaler Körper und Schwimmflossen, die sich mit majestätischer Anmut bewegten? Oder bildete er sich das alles nur ein?

Der riesenhafte Schemen jagte ihm einen gehörigen Schrecken ein. Er verspürte das unbändige Verlangen, den Mund aufzureißen und um Hilfe zu rufen. Was wäre das doch für ein tragischer Ausgang, wenn er jetzt, nachdem er eine Welt gerettet hatte, von einem Seeungetüm verspeist würde!

Oder befand sich das Monster in der anderen Welt?

Mit einem Mal stieß Jims Kopf durch die Wasseroberfläche. Gierig schnappte er nach Luft. Der Zug am Seil ließ nicht nach. Jim pflügte förmlich durch die glitzernden Fluten. Er wischte sich über die Augen, weil er nur Licht und verschwommene Schlieren sah. Hektisch griff er in die Hosentasche.

Die Brille war wieder da!

Er setzte sie auf die Nase und sah sich um. Vom Ufer aus blickten ihm die erwartungsvollen Gesichter der Phantanauten entgegen. Hinter ihnen ragte Brendan Castle auf. Ganz vorne standen neben Lord Alistair und Lena die vier Jungen mit der Rettungsleine in den Händen. Sie zogen an dem Tau, als wollten sie ein Schiff beiholen. Bald fühlte Jim unter sich den Grund, war aber zu benommen, um gleich auf die Beine zu kommen.

Lena sprang zu ihm ins Wasser. Sie wirkte unendlich erleichtert. »Hallo, Weltenbummler.«

Jim hustete. Er hatte sich verschluckt. »Habt ihr die *ganze* Woche auf mich gewartet?«

Ihr Gesicht spiegelte Unverständnis wider. »Wieso Woche?«

»Ich bin doch sieben Tage fort gewesen.«

Sie schüttelte den Kopf. »Wenn's hochkommt, dann waren es siebzig Sekunden.«

Die Entscheidung

Brendan Castle (Irland), 31. Mai 1893

Das Nachtmahl der Phantanauten war an diesem Abend weniger üppig als tags zuvor ausgefallen. Inzwischen hatten die Diener alle Teller abgeräumt. Nur noch Kristallkelche standen vor den Jungen und Mädchen an der runden Tafel. Das Licht der Kerzen brach sich darin.

Die Flämmchen flackerten kaum, während Jim, anfangs noch etwas schüchtern, die Hände im Schoß verschränkt, von seiner abenteuerlichen Reise nach Rád erzählte. Fast schien es, als lauschte sogar das Feuer andächtig seiner Geschichte. Von Lord Alistair, den Phantanauten und Neophyten jedenfalls konnte dies ohne Ausnahme gesagt werden. Schließlich ging es darum, eine wichtige Entscheidung zu fällen.

Inzwischen war Jim ausgeruht. Man hatte seine Kleidung

gewaschen und frisch gebügelt, sodass er sich wie neugeboren fühlte. Mehr oder weniger traf das wohl auch zu. Bedauerlicherweise hatte er das Licht der Sinnenwelt wieder im Körper des Elfjährigen erblickt. Trotz dieser kleinen Enttäuschung fühlte er sich insgesamt reicher als vor dem Bad im Grauen See, und das hörte man ihm auch an. Sein Bericht war lebendig, ausführlich und wurde von niemandem unterbrochen. Erst als er die Vermutungen über Perpetos Herkunft wiedergab, versiegte der Fluss seiner Worte und er blickte den Navigator fragend an.

Der Alte nickte. »Um das Reich deiner Phantasie richtig zu sehen, musst du dich und die Welt der Sinne verstehen. Du erwähntest Perpetos Albinoblick. Wenn es einem Rädling an Pigmenten – den Farbstoffen – in der Regenbogenhaut des Auges mangelt, dann erscheint dieses vermutlich nicht violett, sondern von dem durchschimmernden Blut wie bei einem menschlichen Albino rot. Deshalb lässt die Tönung der Iris von Perpeto keine Rückschlüsse auf seine Herkunft zu. Trotzdem pflichte ich dir bei, weil mir etwas anderes aufgefallen ist. Sein sich ständig veränderndes Gesicht – von so etwas hat mir schon einmal ein Phantanaut erzählt. Der Schurke, der sich Perpeto nannte, könnte aus Osttarra, dem ›Reich der Zeitlosen‹, stammen.«

»Osttarra …«, wiederholte Jim grübelnd.

»Kommt dir dieser Name bekannt vor?«

»Ja, irgendwie schon.«

»Sehr gut! Wir dürften es hier mit einem Austausch zwischen den verschiedenen Welten des Phantaversums zu tun haben. Das kommt oft vor. Wäre es anders, hättest du in Rád nicht Morio, Morika und Barasan begegnen können.«

»Dann werde ich nicht disqualifiziert?«

»Du meinst als Plagiator, als Gedankendieb?« Der Navigator lachte, aber es war kein spöttisches, sondern ein freundliches Lachen. »Keine Sorge, solche gegenseitigen Befruchtungen sind sogar erwünscht. Fahre bitte fort. Wir wollen gerne hören, wie deine Reise endete.«

Und so erzählte Jim seine Geschichte bis zum Schluss. Zuletzt sagte er: »Kurz bevor ich wieder aufgetaucht bin, habe ich unter mir einen riesigen Schatten bemerkt. Es könnte ein Seeungetüm gewesen sein. Ich erwähne das nur, weil ich nicht sicher bin, ob es das Letzte ist, was ich von Rád gesehen habe, oder das Erste in unserer Sinnenwelt.«

Der Navigator nickte. »Jascon ist schlau. Versetz dich einmal in die Lage der Seeschlange: Sie sieht einen Wurm an einer Schnur. Ich hätte da auch nicht zugeschnappt.«

Jim schluckte. »Dann habe ich tatsächlich ... das Ungetüm gesehen?«

Sir Alistair lächelte. »Ich kann nur sagen, was du gesehen haben *könntest*.«

»Was hast du uns aus Rád mitgebracht?«, fragte Ngugi.

Nervös griff Jim zum Kristallkelch und nahm einen großen Schluck Apfelsaft. Er war im selben Körper mit denselben Kleidern aufgetaucht. Achselzuckend antwortete er: »Nur meine verrückte Geschichte, fürchte ich.«

Winnie erhob sich vom Stuhl. Er war bereits achtzehn, unter den Phantanauten also schon fast so etwas wie ein Weiser. »Keine Idee ist so verrückt, dass sie nicht mit einem scharfen, aber gleichzeitig ruhigen Auge erwogen werden sollte, Jim. Ich halte deine Phantasien für wahr. Aber das reicht nicht. In unserem Kodex steht wörtlich: ›Nach seiner Rückkehr erstattet er dem Zirkel Bericht und erbringt einen Beweis der Echtheit seiner Schöpfung.‹«

Jetzt sprang neben Jim auch Lena von ihrem Stuhl auf. »Aber das ist doch ungerecht. Ich spüre, dass er die Wahrheit sagt. Er hat das alles *wirklich* erlebt. Das größte Geschenk aus Rád ist seine Geschichte selbst.«

Der Phantanaut schüttelte bedauernd den Kopf und wandte sich wieder an den Heimkehrer. »Du musst die Tatsachen anschauen, denn sie schauen dich an, Jim. Unser Kodex ist keine sinnlose Wiederholung alter Traditionen. Er hat sich über Jahrhunderte bewährt. Ohne den Beweis ist es leider unmöglich, dich ...«

»Ich denke«, mischte sich an dieser Stelle Lord Alistair ein, »wir können den Disput hier ganz einfach beenden.«

Jim ließ den Kopf hängen. Seine Hand umklammerte immer noch den Kelch, so fest, dass dieser zu zerspringen drohte. Es war zum Verzweifeln. Er hatte eine Welt gerettet und nun wurde er fortgejagt.

»Weil unser junger Freund den Beweis bei sich trägt«, fuhr der Navigator lächelnd fort.

Überrascht blickte Jim auf. Er hatte seine Kleidung gründlich untersucht, als sie ihm zurückgegeben worden war. Nicht einmal ein bunter Flicken hatte sich daran befunden und sämtliche Taschen waren leer. Wie bei einem Bettler. Was hätte er auch aus Rád mitbringen sollen? Den Dolch hatte er seinem ursprünglichen Besitzer zurückgegeben und Barasans zerbrochenen Stab Heureka geschenkt.

»Niemand kann die Welt der Phantasie durchwandern, ohne bei seiner Rückkehr irgendetwas mitzubringen«, erklärte der Lord geduldig. »Nur manchmal erblickt man vor lauter Aufregung das Offensichtliche nicht, obwohl es doch auf der Hand liegt«

Jim sah ihn nur verständnislos an.

»Genauer gesagt auf deiner *rechten*«, half ihm der Navigator auf die Sprünge.

Jetzt erst begriff Jim. Er stellte den Kelch ab und betrachtete seinen Handrücken. Darauf war, schon fast verblasst, ein rotes Brandzeichen zu sehen.

»Zeig den Weltenbaumeistern dein Narrenmal«, sagte der Lord.

Jim erhob sich und schritt einen Phantanauten nach dem anderen ab. Einige wollten das u-förmige Mal betasten, andere staunten nur. Schließlich setzte er sich wieder auf seinen Platz, griff nach dem Kristallkelch und hielt ihn für alle sichtbar hoch. »Bei allem Respekt, Sir Alistair, aber das ist kein Narrenzeichen, sondern das Symbol für Offenheit, für etwas Neues. Für Ideen, die am Himmel von Rád als Sterne erstrahlen.«

Der Lord nickte. »Gut gesprochen, Neophyt. Dann können wir jetzt zur Abstimmung …«

»Eins hätte ich noch gerne gewusst, Sir.«

Der Lord hob überrascht die rechte Augenbraue. »Ja?«

»Lena sagte mir, ich sei kaum länger als eine Minute unter Wasser gewesen. Doch ich war sieben Tage lang in Rád. Wie kommt es dann, das Brendan, der Navigator, sieben *Jahre* fort gewesen ist?«

»Eine gute Frage. Ich weiß es nicht.«

»Das kann ich kaum glauben …«

»Leider geben die alten Legenden darüber keine Auskunft, Jim. Dies ist nun mal das Wesen der Phantasie: Zwar zeigt sie dir neue Wege, aber sie trifft keine Entscheidungen für dich. Wohin gehen, wo lieber stehen? Jeder muss die Antworten für sich selbst herausfinden. Vielleicht hat Brendans Odyssee auf dem Meer der Träume sieben Jahre gedauert, aber in unserer Welt war er auch nur eine Minute lang untergetaucht.«

»Eine Irrfahrt?«, murmelte Jim und betrachtete seinen rechten Handrücken. Das wie ein U geformte Narrenzeichen war auch der Anfangsbuchstabe des von ihm so bewunderten Helden mit dem lateinischen Namen Ulixes. Im Englischen hieß er Ulysses, bei den Franzosen Ulysse und in deutschen Landen Odysseus. Homer hatte sein zwölftausend Verse umfassendes Gedicht über den listigen König von Ithaka sinnfälligerweise *Odyssee* genannt. Nach Beendigung des Trojanischen Krieges war Odysseus auf seiner Heimreise nach Griechenland zehn Jahre lang übers Meer geirrt und hatte dabei Abenteuer bestanden, von denen eines phantastischer als das andere war.

Lord Alistair erhob sich und machte ein feierliches Gesicht. »Wohlan, Ritter Jim von Sinnenwelt. Ehe wir nun zur Abstimmung kommen, teile zunächst du uns deine Absichten mit. Du befindest dich hier an einem Scheideweg und es liegt allein bei dir, dich nach rechts oder links zu wenden. Wenn du in den Zirkel der Phantanauten eintrittst, wird das

Schicksal dich nicht vor schweren Schlägen bewahren. Dieser Kreis macht dich nicht zwangsläufig zu einem besseren Menschen. Alles Leid und alle Nöte, die das Leben für uns bereithält, treffen auch die Weltenschöpfer – sie müssen sie meistern oder daran scheitern. Ob so oder so, diese Höhen und Tiefen werden deine Phantasie befruchten und die wiederum befruchtet die Welt der Sinne und lässt Neues gedeihen. Darin sind die Phantanauten etwas Besonderes: Die Erinnerung an sie verblasst langsamer, weil ihre Geschenke an die Welt die Zeit überdauern. Bist du bereit?«

Jim zögerte. Er wollte nicht leichtfertig antworten, spürte er doch das Gewicht der gerade vernommenen Worte. Sie bedurften eines gründlichen Abwägens. Doch wollte er überhaupt etwas anders? Wollte er wie all jene sein, die tagein, tagaus ihr Hamsterrad drehten, bis ins Grab? Nein, er wünschte sich, die Welt zu beschenken, wie der Lord gesagt hatte. Jim füllte seine Lungen bis zum Rand mit Luft und antwortete fest: »Ja, ich bin bereit.«

Der Navigator wirkte erleichtert. Er breitete die Hände aus, so als wolle er jeden schweifenden Gedanken im Saal damit einfangen. »Phantanauten, wer glaubt, dass Jims Geschichte wahr ist?«

Lena riss sofort den Arm hoch. »Ich.«

Sir Alistair lächelte nachsichtig. »Du darfst noch nicht abstimmen, Lena.«

Verlegen ließ sie die Hand wieder sinken.

Jim lächelte ihr zu und flüsterte: »Trotzdem danke.« Gespannt sah er in die Runde. Einen Moment lang erwiderten alle nur seinen Blick, so als wollten sie ihre Entscheidung aus seinen Augen ablesen.

Dann stand Winnie auf. »Ich glaube ihm.«

Thomas und Hermann folgten seinem Beispiel und sagten wie aus einem Munde: »Ja.«

Und so erhob sich einer nach dem anderen, bis nur noch die Neophyten saßen.

»Einstimmiger Beschluss. So wünsche ich es mir«, sagte der Navigator zufrieden, klatschte in die Hände und sprach die heilige Formel der Initiation, der feierlichen Aufnahme des Neulings in den Bund der Weltenschöpfer: »Nur, wer seinen Träumen folgt, verändert die Welt. Du hast es vollbracht, James Augustine Aloysius Joyce, und so heißen wir dich im Zirkel der Phantanauten willkommen.«

An der uralten Tafel, die schon König Artus und seinen Rittern zugehört hatte, brach Jubel aus. Jetzt standen alle. Saftgläser wurden erhoben und Glückwünsche ausgesprochen.

Nach einer Weile bat der Navigator seine Weltenbaumeister noch einmal um Ruhe. Sein Gesicht schien zu versteinern und seine Stimme klang plötzlich sehr ernst. »Wie ihr wisst, muss ich ein letztes Wort an euren neuen Gefährten richten, bevor wir uns ganz in Fröhlichkeit verlieren. Jim.«

»Ja, Sir?«

»Von nun an gehört es zu deinen Pflichten, das Andenken an Rád zu bewahren. Erst dadurch wird aus dem Weltenschöpfer James der Welten*meister* – einer, der Verantwortung für das von ihm Hervorgebrachte trägt, es hegt und pflegt. Wenn du deine Welt aus dem Sinn verlierst, bleibt das auf der Erde nicht ohne Folgen. Zuletzt habe ich das vor fünf Jahren erlebt. Ich kann mich noch genau erinnern: Das Unglück geschah am 30. April 1888 in Indien. Riesige Hagelkörner – so jedenfalls meinte man – haben in Morabad zweihundertsechsundvierzig Menschen und eintausendsechshundert Stück Vieh erschlagen. Und warum? Ein Phantanaut aus jener Gegend war allzu sorglos mit seiner Schöpfung umgegangen. Sein Traumreich zerbarst und die Bruchstücke regneten auf unsere Welt nieder.«

»Mir wird das nicht passieren«, gelobte Jim, nicht ohne Schaudern. Nachdenklich strich er über das Brandmal auf seiner Hand. Morio hatte die Macht von Phantasie und Träumen lobgepriesen, doch nicht vor deren dunkler Seite gewarnt.

Die strenge Miene des Navigators entspannte sich wieder. »Dann ist es gut. Beherzige die Worte aus dem *Kodex*. Erzähle deine Geschichte weiter und bitte jeden, der sie hört, mindestens zwei andere daran teilhaben zu lassen. So wird Rád nie in Trümmer zerfallen, die unserer Welt der Sinne schaden könnten.«

Jim versprach, sein Bestes zu tun.

Der Navigator setzte sich wieder auf seinen Thron, zwinkerte Lena zu und sagte: »Heute Nacht wirst du in der Kammer der Weltenbaumeister schlafen. Wir sind schon auf morgen Abend gespannt, wenn du uns deine Welt vorstellen wirst.«

Der zerrissene Riemen

Dublin (Irland), 30. Juni 1893

Jim war geradezu trunken von den vielen Geschichten, die er in den zurückliegenden dreißig Tagen gehört hatte. Erst in der letzten Nacht war Brendans Sphäre wieder auseinandergenommen worden. Jeder Weltenschöpfer hatte sein Teil an sich genommen, bis zum nächsten Treffen. Oder bis er eines Tages zu alt für eine Rückkehr nach Brendan Castle war.

Dann nämlich würde er sein Stück vom Phantalabium in die Quelle der Erleuchtung werfen, damit es einen würdigen Nachfolger erwählte. Die Ehemaligen blieben dem Zirkel weiterhin verbunden. Bis an ihr Lebensende gehörten sie zur »Gesellschaft der Phantanauten« und halfen sich wann, wo und wie immer es ging. Doch bis dahin würde Jim an König Artus' Tafel noch viele Geschichten erzählen.

Er fing sofort damit an, nachdem Mary Jane, seine Mutter, ihn mit Stannie, seinem Lieblingsbruder, am Bahnsteig willkommen geheißen hatte. Der kleine Stanislaus war erst acht und zeigte sich gebührend beeindruckt, als er von Perpeto und seinem Palast der Tränen hörte.

»Lass gut sein«, unterbrach irgendwann die Mutter den Sohn. »Ich hoffe nur, dieser Lord Alistair hat dir nicht nur Flausen in den Kopf gesetzt.«

Jim lachte. »Keine Sorge, Mama. Die Geschichte habe ich mir selbst ausgedacht.«

Als sie das Haus in der Fitzgibbon Street Nummer 14 betraten, kam ihnen in der Diele mit finsterer Miene John entgegen, Jims Vater. Anstatt den Heimkehrer freundlich zu be-

grüßen, brummte er nur: »Wir haben Besuch. Sie wartet im Salon.«

»Sie?«, fragte Mary Jane.

»Die Biene im schwarzen Anzug.«

Jim durchlief ein Schauer. Er entsann sich der verächtlichen Worte seines Vaters über die Christlichen Brüder: Im Vergleich zu den Gentlemen unter den Ordensbrüdern, den Jesuiten, seien sie nur deren schmarotzende Drohnen. War etwa der Riemen …?

»Es ist Jims Lehrer. Dieser Bruder Wishart«, sprach John aus, was sein Sohn kaum zu denken wagte.

»Und was will er?«, fragte Mary Jane.

»Die Unpässlichkeit unseres Sprösslings erscheine ihm verdächtig, hat er gesagt. Ihm sei zu Ohren gekommen, dass unser Sohn schon in den Midlands Urlaub gemacht habe, bevor die Sommerferien begonnen hätten.«

»Das kann er nur von dir gehört haben. Wahrscheinlich hast du wieder zu tief ins Glas geschaut und warst zu leutselig …«

»Schweig still, Frau!«, brauste John auf. »Die Nachbarschaft hat über Jims Sommerfrische am Loch Riach ja auch Bescheid gewusst. Irgendein Papagei wird's der Drohne schon ins Ohr geplappert haben.«

Jim hielt sich die Ohren zu. Auf eine schreckliche Weise fühlte er sich ins Reich des Perpeto zurückversetzt. »Hört sofort auf zu streiten!«, schrie er.

Überrascht verstummten seine Eltern. Solche Töne waren sie von ihrem Ältesten nicht gewohnt.

Unvermittelt öffnete sich die Tür des Salons und Bruder Wishart erschien: schwarzer Anzug, weißer Kragen, Augenklappe, auf dem Gesicht ein diebisches Lächeln und in den Händen den klickenden Rosenkranz – er war ganz der Alte. »Ei, wen haben wir denn da? Der verlorene Sohn ist zurückgekehrt.«

»Guten Tag, Sir«, sagte Jim ohne allzu viel Herzlichkeit.

»Könnte ich Ihren Sohn ein paar Minuten unter vier Augen sprechen?«, wandte sich der Ordensmann an den Vater.

»Meinetwegen«, brummte John. »Aber machen Sie sich's nicht zu bequem.« Er drehte sich um und verzog sich in Richtung Küche.

Jim sah seine Mutter flehentlich an.

Sie lächelte nur und sagte: »Du solltest Bruder Wishart wenigstens anhören.«

Voll unguter Ahnungen zwängte er sich am Bauch des Lehrers vorbei in den Salon. Der Raum war ein Abglanz des längst verblichenen Wohlstands der Familie. Er protzte mit Samt, einem Kristalllüster, dicken Teppichen und schweren Möbeln; die meisten stammten aus zweiter Hand, was man auf den ersten Blick aber nicht sah. Jim blieb neben einem Klapptischchen stehen, auf dem normalerweise Tee serviert wurde. Trotzig funkelte er Bruder Wishart an, der immer noch an der Tür stand, die er gerade geschlossen hatte.

Er blieb zunächst stumm. Nur die Holzperlen an seiner Gebetskette klickten in langsamem Takt, als rasselten unablässig Ave-Marias durch seinen Kopf.

»Ich habe dich in der Schule vermisst, Junge.«

Jim erschrak. Aber dann entsann er sich seines Mutes im Tränenpalast und antwortete fest: »Das glaube ich Ihnen, Sir. Aber Sie werden in Zukunft ohne mich auskommen müssen.«

Das Auge neben der Klappe schien sich zu verhärten und sah plötzlich aus wie aus Glas. »Das bestimmt immer noch dein Vater.«

»Eher lasse ich mich totprügeln, als meinen Fuß noch einmal in die O'Connell zu setzen.«

Lachend erwiderte Bruder Wishart: »Bist du sicher, dass du das willst?«

Jim erschauerte. Er hatte dieselben Worte aus Perpetos Mund gehört ... Und er konnte sich auch noch an seine Antwort erinnern. »Was Sie den Jungen dort antun, das ist böser als böse. Damit muss Schluss sein.«

Der Lehrer drehte den Schlüssel in der Tür herum und ließ ihn in die Seitentasche seiner Jacke rutschen. Als wäre er der Bullterrier vom Messertor, knurrte er: »Was sagst du da? Nennst du es böse, wenn wir dummen Jungen wie dir Bildung und Ehrfurcht vor Gott beibringen?«

»Furcht ja, aber keine Ehrfurcht. Jesus hat seine Jünger nie geschlagen ...«

»Halt dein freches Maul«, zischte Bruder Wishart. Mit ein paar schnellen Schritten war er bei Jim und packte ihn am Hemdkragen. Ebenso flink hatte er seinen Gürtel gelöst. »Lass die Hosen runter.«

Einen Moment lang vermochte Jim sich nicht zu rühren. Der schwergewichtige Lehrer hatte sich als flinker erwiesen, als ihm zuzutrauen war. Aber dann erinnerte sich Jim wieder an die Tränenkelter …

»Halt!«, schrie er und drehte sich jäh herum. Dabei riss zwar sein Kragen ab – er war nur ans Hemd geknöpft –, aber er kam aus dem Griff des Riemens frei. Wie ein Polizist, dem die Macht des Rechts den Rücken stärkt, streckte Jim dem Größeren und weitaus Stärkeren die rechte Handfläche entgegen und rief: »Hören Sie auf damit, sonst erzähle ich das jemandem, der Sie bestrafen wird!«

»Was?« Speichel spritzte aus Bruder Wisharts Mund. Er wurde knallrot vor Zorn. »Du bist ein Niemand. Wenn du wissen willst, was Strafe ist, dann erinnere dich an meine Lektionen über die Höllenqualen. Die werden dich nämlich erwarten …«

»Das will ich nicht hören!«, fiel ihm Jim ins Wort. »Meinetwegen nennen Sie mich ein Niemand. So hat der Riese auch zu Odysseus gesagt: ›Niemand schlägt mich.‹ Und deshalb verlor er am Ende alles, sogar sein Augenlicht.«

Bruder Wishart bleckte die Zähne. »Ich werd dir zeigen, wer hier wen schlägt …«

»Nein!«, rief Jim abermals und reckte die Hand noch höher. »Damit ist jetzt ein für alle Mal *Schluss*.«

Das letzte Wort hatte er mit solcher Bestimmtheit gesprochen, dass der Lehrer einen Schritt zurückgewichen und dabei gegen das Teetischchen gestoßen war. In der Folge rutschte ihm die Hose runter. So konnte er keinen richtigen Ausfallschritt machen, verlor endgültig das Gleichgewicht, ruderte noch ein wenig mit den Armen in der Luft und zertrümmerte dann das zierliche Möbelstück unter seinem schweren Körper. Dabei glitt ihm der Salontürschlüssel aus der Jacke und blieb auf dem Teppich liegen.

Jim reagierte sofort. Er sprang vor, klaubte den Schlüssel vom Boden auf, rannte zur Tür und öffnete sie. Der Lärm hatte inzwischen alle Hausbewohner angelockt, und so blickten aus der Diele Jims Eltern und sechs seiner Geschwister in den Salon.

Bruder Wishart war unterdessen zwar wieder auf die Beine gekommen, hatte in der Eile aber seine Beinkleider am Boden gelassen. In Unterhosen und Sockenhaltern, links den Rosenkranz, rechts den Gürtel haltend, präsentierte er sich der Familie Joyce.

John drückte Jim schützend an sich. »Ich nehme an, mein Sohn, du hast dich mit deinem Lehrer darauf geeinigt, die O'Connell nicht wieder zu besuchen.«

»Ich sagte ihm, eher würde ich mich totprügeln lassen.«

»So, so. Und damit wollte er gleich anfangen?«

»Ich glaube, das hatte der Riemen sowieso vor.«

»Riemen? Warum hat er eigentlich keine Hosen an?«

»Weil er seinen Gürtel gerade anderweitig verwenden wollte.«

John ballte die Fäuste. Er neigte ohnehin zu Wutanfällen – vor allem, wenn er etwas getrunken hatte – und jetzt kam noch der gerechte Zorn des besorgten Vaters hinzu. Mit bedrohlich tiefer Stimme wandte er sich an den Lehrer, wobei er abschätzig das englische Wort für Riemen benutzte: »Mr Belt, für Männer wie Sie ist in diesem Haus kein Platz. Nehmen Sie ihre Hosen und scheren Sie sich fort. Meine Jungs werden in Zukunft das Belvedere College besuchen.«

Fahrig zog sich der Ordensbruder die Beinkleider hoch und zischte: »Das kann sich ein Trinker wie Sie gar nicht leisten. Sie gehen ja jetzt schon am Bettelstab.«

»Ich mag das sein, wofür Sie mich halten, Mr Belt, aber ich bin auch ein Vater, der seine Familie liebt und sie schützt, so gut es ihm möglich ist. Und überhaupt: Um einen armseligen König zu stürzen, ist ein Bettler gerade gut genug. Und jetzt trollen Sie sich, sonst vergesse ich mich.«

Bruder Wishart hatte sich wie ein geprügelter Hund aus dem Staub gemacht. Jim sah ihn nie wieder.

Und wie er es gelobt hatte, kehrte er auch nicht mehr in die O'Connell School zurück. Bei allen Schwächen, die sein

Vater besaß, John hatte doch ein gutes Herz. Er war stolz auf seinen klugen Sohn und schaffte es tatsächlich, Jim und Stanislaus im Belvedere College unterzubringen. Vater Conmee, der ehemahlige Rektor von Clongowes, war kürzlich an die Dubliner Jesuitenschule gewechselt und hatte sich dafür verwendet, die zwei begabten Joyce-Jungen ohne die übliche Jahresgebühr aufzunehmen.

Entgegen dem Willen von Mr Conmee und dem Wunsch seiner Eltern schlug Jim indes nie die Priesterlaufbahn ein. Was seine frömmelnden Erzieher ihm vorgelebt hatten, erschien ihm wohl wenig nachahmenswert. Stattdessen wurde er einer der berühmtesten Schriftsteller Irlands, wenn nicht der ganzen Welt.

Gleiches kann übrigens auch von Lena gesagt werden. Aber wie es dazu kam, das hängt mit einer anderen Reise zusammen, die zu erzählen einem anderen Buch vorbehalten sein soll.

Bleibt noch zu klären, von wem das Jim zugefallene Stück des Phantalabiums stammte. Es war kein anderer als Mr Christopher Cox, der Theaterkritiker, der für sich einen ganz anderen Weg gefunden hatte, Phantasie lebendig werden zu lassen. Sein Teil von Brendans Sphäre war jahrelang verschollen gewesen, was seine Überraschung erklärt, als er es plötzlich in Jims Händen wiederentdeckt hatte. Am Ende war er mit der Wahl des Phantalabiums rundum zufrieden. Es hatte sich einen Burschen mit Ecken und Kanten ausgesucht, der nichtsdestotrotz mit seinen Träumen die ganze Menschheit beschenkte. Fast sein ganzes Leben lang blieb James Joyce ein armer Poet. Doch er hatte mit seiner Phantasie die Welt reicher gemacht.

James Joyce

James Joyce? Ist das nicht der irische Schriftsteller, der aussieht wie ein Pirat? Die Antwort lautet: Jein. Richtig ist, unser Held aus dem *Tränenpalast* war Ire und Schriftsteller. Doch die Augenklappe, die ihn uns so piratenhaft erscheinen lässt, trug er vergleichsweise kurze Zeit. Trotzdem – und so ergeht es wohl nicht mir allein – erscheint ausgerechnet dieses Bild im Sinn, wenn sein Name erwähnt wird: James Joyce mit einem schwarz verdeckelten Auge.

Gewöhnlich macht sich unsereiner übers Sehen wenig Gedanken, solange es gut funktioniert. Für James dürfte das anders gewesen sein. Schon als Kind litt er unter starker Kurzsichtigkeit und später zwang ihn der Star, eine Augenkrankheit, oft unters Messer. Während er sich von den Operationen erholte, trug er mitunter eine Augenklappe. Sich nur so an ihn zu erinnern, wäre allerdings ziemlich einseitig.

Wer sich dem Unterfangen nähert, in übersichtlicher Form etwas hinlänglich Gescheites über James Joyce zu schreiben, gerät zwangsläufig in ein Dilemma. Die Anzahl der über ihn verfassten Bücher, Essays, Analysen und Aufsätze ist im wahrsten

Sinne des Wortes überwältigend. Bei der Arbeit am *Tränenpalast* konnte nur ein winziger Bruchteil der mehr als tausend ausfindig gemachten Quellen berücksichtigt werden. Allein die Aufzählung seiner sämtlichen Werke und Schriften würde den Rahmen sprengen. Oft wird sein Beitrag zur Literatur des 20. Jahrhunderts mit der Neuerfindung des Romans gleichgesetzt. Und er gilt bis heute als Autor besonders schwieriger Werke, die manchen Leser überfordern. Doch wie fing alles an?

James Augustine Aloysius Joyce erblickt das Licht der Welt am 2. Februar 1882 in einem schönen Backsteinhaus am Brighton Square West 41 in Rathgar, zur damaligen Zeit ein Vorort im Süden von Dublin. Er ist das älteste überlebende Kind seiner Eltern, die seit 1880 verheiratet sind.

Mary Jane »May« (1859–1903), die Mutter, ist eine geborene Murray. In ihrer Verwandtschaft gibt es überdurchschnittlich viele Priester, Lehrer und Sänger. Der Vater, John Stanislaus Joyce (1849–1931), stammt aus einer Sippe wohlhabender Kaufleute der südirischen Stadt Cork. Er ist einer jener Menschen, die viel anfangen und wenig beenden: Nach drei Jahren bricht er sein Medizinstudium ab; Mitte der 1870er Jahre geht er nach Dublin, bekleidet kurzzeitig einen hohen Posten in einer Schnapsbrennerei, wechselt dann aber ins Office of the Collector of Rates, dem »Büro zur Eintreibung von Grundsteuern«, wo er zum Zeitpunkt von James' Geburt immer noch arbeitet. Parallel dazu startet er eine politische Karriere als Gefolgsmann von Charles Stewart Parnell. Ebenjener, der Vorsitzende der *Irish Parliamentary Party* (»Irische Parlamentarische Partei«), streitet im britischen Parlament aufs Heftigste für die Selbstverwaltung Irlands, macht sich viele Feinde und stirbt 1891. Damit scheitern nicht nur Johns große Pläne in der Politik, er verliert im Jahr nach dem Ableben Parnells auch noch seine Anstellung.

Von nun an beginnt für die Familie Joyce der allmähliche Abstieg aus der wohlhabenden Mittelschicht. Johns kleine Pension reicht vorne und hinten nicht. Zwar kann die Veräußerung der Besitztümer in Cork den Niedergang verlangsamen, aber sie hält ihn nicht auf. Zur Arbeitslosigkeit und dem Unvermögen in finanziellen Angelegenheiten kommt noch ein weiteres Übel hinzu: Johns wundervolle Singstimme erklingt jetzt öfter in den Pubs von Dublin als im Kirchenchor, denn er trinkt regelmäßig einen über den Durst – was in der irischen Gesellschaft jener Zeit durchaus häufiger vorkam. In seinem Roman *A Portrait of the Artist as a Young Man* (deutsch: *Ein Porträt des Künstlers als junger Mann*) erschafft James Joyce ein fiktives Ebenbild seines Vaters, das er so beschreibt:

»Ein Medizinstudent, ein Ruderer, ein Tenor, ein Amateurschauspieler, ein schreiender Politiker, ein kleiner Grundbesitzer, ein Kleinanleger, ein Trinker, ein guter Kumpel, ein Geschichtenerzähler, jemandes Sekretär, etwas in einer De-

stillerie, ein Steuereinnehmer, ein Bankrotteur und zurzeit ein Lobpreiser seiner eigenen Vergangenheit.«

Wie sich noch herausstellen wird, hat James nicht nur die Begabung zum Geschichtenerzählen von seinem Vater geerbt.

Auch in anderer Hinsicht erweisen sich die Joyces als typische irische Familie: Sie sind katholisch und kinderreich. Mary Jane ist zwischen 1880 und 1893 jedes Jahr schwanger, hat aber zwei Fehlgeburten. Am 23. November 1880 kommt ihr Erstgeborener John Augustine Joyce zur Welt; er stirbt bereits nach acht Tagen. Von ihren 15 Kindern erliegen mindestens zwei dem Typhus, nur zehn überleben die ersten Jahre.

Auch James ist anfällig für Krankheiten und meist etwas blass. Dem sonnigen Gemüt des aufgeweckten Jungen schadet das durchaus nicht. Er liebt es, in andere Rollen zu schlüpfen und seine Umgebung mit Horrorgeschichten zu ängstigen. Ob ihn wohl das Phantalabium deshalb ausgewählt hat?

Seine künstlerischen Talente jedenfalls sind vielfältig. Der Hang zu geistreichen Wortspielen blitzt bereits im September 1888 auf. James wird im Clongowes Wood College in Sallins (County Kildare) aufgenommen – die Jesuitenschule gilt als das Eton Irlands, für wohlbetuchte Leute die erste Adresse, um dem Nachwuchs die Flausen auszutreiben. Als einer der Mönche den Neuzugang nach seinem Alter fragt, erwidert dieser: »Halb nach sechs.« Damit hat James sich einen neuen Spitznamen eingehandelt: »Half-past-six.«

Wenig später feiert der Halb-Siebenjährige sein Bühnendebüt als Sänger. Im Bray Boat Club bezaubert er an der Seite seiner Eltern das Publikum. Auch stimmlich weiß der Junge also zu überzeugen.

Bis 1891 sieht James sein Zuhause nur in den Sommerferien. Im Alter von neun wird er so krank, dass er nicht nach Clongowes zurückkehren kann. So erlebt er hautnah, wie seinem Vater der Boden unter den Füßen entzogen wird. Charles Stewart Parnell stirbt. Dessen ehemaliger Parteifreund und jetziger Kritiker Timothy Michael Healy ist in Johns Augen ein Verräter schlimmer als Judas Iskariot. Was den Vater derart in Rage bringt, lässt den Sohn nicht kalt. Klein James verfasst das, heute leider verschollene, Schmähgedicht »Et Tu, Healy«. Der Titel ist ein Spiel mit jenen berühmten Worten, die Julius Caesar in Shakespeares gleichnamigem Theaterstück an seinen verräterischen Mörder richtet: »Et tu, Brute?« – »Auch du, Brutus?«.

Der stolze John lässt das Poem drucken, schickt eine Kopie an die Vatikanische Bibliothek und verschenkt die restlichen, wem immer er sie in die Hand drücken kann. Er hätte das Bare besser zur Begleichung seiner Schulden verwenden sollen, denn die Geldverleiher sitzen ihm im Nacken. Als es James gesundheitlich wieder besser geht, hat sein Vater die Arbeit verloren und kann das jährliche Schulgeld von 25 000

Pfund nicht mehr aufbringen. Der Junge macht aus der Not eine Tugend und bringt sich den Unterrichtsstoff zu Hause selbst bei.

Im November 1892 zieht die Familie nach Dublin, wo James bald in die O'Connell School aufgenommen wird. Auch dort sind gestrenge Ordensleute seine Lehrer. Sie gehören der katholischen Congregation of Christian Brothers an, deren mehr als 200-jährige Geschichte der Jugendarbeit auffallend viele Übergriffe auf Schutzbefohlene verzeichnet. Ob James Joyce ebenfalls zu den Opfern gehörte, kann heute nicht mehr festgestellt werden. Wer aus seinen Schriften etwas über die Erlebnisse in der North Richmond Street erfahren will, muss zwischen den Zeilen lesen.

Mit ziemlicher Sicherheit ist er Anfang April 1892 schon wieder der Obhut der O'Connell entzogen. Kurz darauf werden er und sein Bruder Stanislaus (1884–1955) gebührenfrei ins Belvedere College aufgenommen. Einige Umzüge der Familie später beginnt James 1898 – mit gerade 16 Jahren! – sein Studium an der Catholic National University (das heutige University College) in Dublin. Bis dahin ist er zunächst nur innerlich zur Institution der Kirche auf Distanz gegangen, jetzt erteilt er dem Katholizismus auch offen eine Absage.

James studiert moderne Sprachen, sein Schwerpunkt ist Englisch, Französisch und Italienisch. Auch in Theaterkreisen und in der Literarischen und Historischen Gesellschaft der Universität begegnet man ihm nun häufiger. Nicht wenige seiner Studiengenossen beschreiben ihn als zurückhaltend, gar abweisend – und als Rebell gegen alles Irische. Es ist ein vorschnelles Urteil.

Sicher, James ist intelligenter als die meisten von ihnen – allein das genügt, um von vielen als hochnäsig abgestempelt zu werden –, doch seine scheinbare Reserviertheit hat andere Gründe. Wer einen Blick auf seinen Lesestoff aus dieser Zeit wirft oder auf die Essays, die er schreibt, dem wird eines schnell klar: Er revoltiert in Wahrheit gegen die Perpetos seiner Zeit, allen voran die Kirche. Sie repräsentiert für ihn eine Kultur der Unterdrückung und mischt sich unzulässig in die irische Politik ein. Auch das übertriebene Nationalbewusstsein, von dem die irische Gesellschaft durchdrungen ist, und die rückwärtsgewandte Literatur stoßen ihn ab. Die ewige Wiederholung von etwas, das er als falsch und fehlgeleitet empfindet, will er nicht unterstützen. So richtet er den Blick über den Tellerrand der Ewiggestrigen hinaus. Er will mehr als ein irischer, er will ein europäischer Poet werden.

1900 erscheint seine erste Veröffentlichung *Ibsen's New Drama,* die Besprechung eines Bühnenstücks von Henrik Ibsen; der norwegische Dramatiker bedankt sich dafür bei dem jungen Rezensenten in einem Brief. James schreibt weitere Artikel und mindestens zwei, heute verschollene, Theaterstücke.

Nach dem Hochschulabschluss 1903 geht er unter dem Vorwand, Medizin studieren zu wollen, nach Paris. Er will wohl eher die Fesseln seiner Heimat abwerfen. Unklugerweise begeht er dieselben Fehler wie ehedem sein Vater: James verschwendet Geld und schüttet große Mengen Alkohol in sich hinein. Diese Unternehmungen enden jäh, als ihn die Nachricht vom nahen Tod der Mutter ereilt. Rasch kehrt er nach Dublin zurück.

Die krebskranke Mary Jane bangt um die Seele ihres Sohnes und bekniet ihn, die Beichte abzulegen, damit er die Kommunion empfangen könne. James ist noch immer Mitglied der katholischen Kirche, aber ihren Riten und Exerzitien will er sich nie mehr beugen. Er weigert sich sogar, mit den anderen Verwandten am Bett der Mutter zu beten. Schließlich fällt sie ins Koma und stirbt am 13. August 1903.

James wendet sich wieder dem »Wein des Landes« zu, wie er das »schäumende, ebenholzfarbene Bier« (das irische Nationalgetränk *Guinness*) nennt. In den Augen seiner Mutter mag er gottlos geworden sein, aber er hat gewiss nicht seine Gefühle verloren. Mary Janes Tod liegt wie ein dunkler Schatten über der Familie und nimmt dem Leben ihrer Lieben die Farbe. Ihr ältester Sohn, den man einst den »Sonnigen Jim« nannte, treibt scheinbar ziellos dahin. Er verfasst Buchbesprechungen, lehrt und singt. Das ist eines der guten Talente, die er vom Vater geerbt hat: Er besitzt die Stimme eines Tenors und gewinnt 1904 sogar die Bronzemedaille in einem Gesangswettbewerb der Feis Ceoil Association (Musikfestivalgesellschaft).

Bereits im Januar desselben Jahres versucht er, eine kleine Geschichte mit dem Titel »A Portrait of the Artist« zu veröffentlichen, gibt das Vorhaben nach dem ersten Fehlschlag aber wieder auf. Was als Stolperstein beginnt, soll einmal als Meilenstein auf seinem Weg zum großen Literaten gelobt werden. Doch bis dahin ist es noch ein weiter Weg. An seinem 22. Geburtstag entschließt sich James, aus der Story einen Roman zu machen, der *Stephen Hero* heißen sollte. Es wird zwölf Jahre dauern, bis 1916 endlich *A Portrait of the Artist as a Young Man* erscheint.

Das für James wohl folgenreichste Ereignis im Jahr 1904 hat mit einem Zimmermädchen aus Finn's Hotel zu tun: Nora Barnacle. Bei der ersten Begegnung mit ihr auf der Dubliner Nassau Street fängt James' Herz sofort Feuer. Sie stammt aus Galway (das nicht weit von Loughrea entfernt liegt!). Einige Tage später haben die beiden ihr erstes Rendezvous: Sie essen gemeinsam zu Abend, spazieren am Strand von Sandymount und kommen sich wohl auch sonst näher, denn später wird Nora über das denkwürdige Datum sagen: »Das war der Tag, an dem ich einen Mann aus Jim gemacht habe!« Es war der 16. Juni 1904, der Tag, dem James später einen ganzen Roman widmen wird. Er nennt das Buch *Ulysses*. Was ihn als Kind fasziniert hat, erfährt darin eine Metamorphose, eine wahrhaft phantastische Umgestaltung.

Nora wird bis zu James' Tod an seiner Seite bleiben. Für sie bedeutet das ein Vagabundendasein, denn er empfindet das Irland seiner Tage als Gefängnis und kehrt ihm wenige Wochen nach ihrem Kennenlernen den Rücken. Weil für James die Schriftstellerei bislang eine brotlose Kunst geblieben ist, möchte er zunächst an einer Berlitz-Schule Englisch unterrichten. Er bemüht sich um Anstellungen in Zürich sowie in den österreichisch-ungarischen Städten Triest (heute italienisch) und Pula (heute kroatisch). Schließlich bekommt er den erhofften Job doch in Triest, wo er und Nora, von kurzen Unterbrechungen abgesehen, etwa zehn Jahre bleiben.

In dieser Zeit sieht es so aus, als sei man in Irland für sein Genie blind. Die *Dubliners* (deutsch: *Dubliner*), ein Reigen aus 15 Erzählungen, will James nicht weniger als vierzig Verlegern angeboten haben. Doch es gibt auch Lichtblicke. In Triest wird am 27. Juni 1905 sein Sohn Giorgio geboren. Im selben Jahr gelingt es James, seinem Lieblingsbruder Stanislaus in der Triester Sprachenschule eine Anstellung zu verschaffen. Der fast drei Jahre jüngere Stannie ist für ihn vom besten Kumpel aus den Kindertagen zu einem »Wetzstein« geworden, an dem er seine Ideen schärft. Beide lesen die gleichen Bücher und lehnen sich einstimmig gegen die verkrusteten Strukturen in ihrer irischen Heimat auf. Manches, was James in seiner *Dubliners*-Erzählung »A Painful Case« (deutsch: »Ein betrüblicher Fall«) zu Papier bringt, stammt aus dem Tagebuch seines kleinen Bruders.

Als dieser in der Via Caterina 1 bei James und Nora einzieht, tut er das nicht ohne Hintergedanken. In Dublin kommen der Vater und die Geschwister kaum über die Runden. Stanislaus erwartet von seinem großen Bruder einen Beitrag zur Aufbesserung des spärlichen Familieneinkommens, aber James' Trinkgewohnheiten und seine Ungeschicklichkeit im Umgang mit Geld machen diese Hoffnung zunichte.

Obwohl der Jüngere zu dem Älteren aufblickt und ihm künstlerisch nicht das Wasser reichen kann, will er ihm dessen Unarten nicht einfach durchgehen lassen. Stannies Kritik ist, vielleicht mehr als sein Lob, ein Freundschaftsdienst. Trotz aller Schwächen hält er zu seinem Bruder und wird ihm fast bis zuletzt finanziell unter die Arme greifen.

Im Juli 1906 geht James mit Kind und Kegel nach Rom, um einen Posten als Bankangestellter anzunehmen. Weil sein Bruder ihm ins Gewissen geredet hat? Möglicherweise. Der Nomade James hat sich in Triest wohl auch gelangweilt. Das römische Intermezzo dauert indes nicht lang. Nach acht Monaten kehrt die Familie nach Triest zurück. Nora ist wieder schwanger. Am 26. Juli erblickt Töchterchen Lucia das Licht der Welt.

1909 stattet James seiner Heimat einen Besuch ab. Er bemüht sich immer noch um die Veröffentlichung seines zwei Jahre zuvor abgeschlossenen Erzählbandes *Dubliners*. Seine spätere Bekanntheit wird einmal auf diesem Fundament aufbauen, doch die Zeit dafür ist noch nicht reif. Offenbar beschreibt er in den Kurzgeschichten die geistig-moralische Lähmung der Stadt zu gut, um nicht den Protest jener Kreise heraufzubeschwören, die lieber das Alte ewig wiederholen anstatt dem Neuen eine Chance zu geben. Der Verleger George Roberts wagt nicht, den Zyklus herauszugeben. Nach einem Aufenthalt in Galway, wo James zum ersten Mal Noras Eltern besucht, geht es wieder zurück nach Triest. Seine kleine Schwester Eileen begleitet ihn, um Nora bei der Bändigung der Kinder und dem Ordnen des chaotischen Künstlerhaushaltes zur Hand zu gehen.

Im Sommer 1912 reist James abermals nach Irland: Seine *Dubliners* sollen endlich veröffentlicht werden. Aber auch dieser Versuch bleibt fruchtlos. Danach hat er von seiner Heimat die Nase gestrichen voll und kehrt ihr für immer den Rücken.

Doch auch in Triest sind er und seine Familie nicht mehr lange willkommen – jedenfalls nicht mehr bei denen, die in der k. u. k. Monarchie den Ton angeben. Ein Schreckgespenst vertreibt sie aus dem sonnigen Süden Europas: der Erste Weltkrieg. Großbritannien wird zum Gegner. Seine Staatsbürger werden allzu leicht der Spionage für den Feind verdächtigt. Notgedrungen setzt sich die Familie Joyce-Barnacle 1915 in die neutrale Schweiz ab und lässt sich in Zürich nieder. Hier unterstützen den mittellosen Schriftsteller die reiche Amerikanerin Edith McCormick Rockefeller sowie Harriet Shaw Weaver. Letztere ist die Herausgeberin der Zeitschrift *The Egoist,* die sich für Frauenrechte und moderne Literaten einsetzt. Die Engländerin erkennt James' literarisches Talent und wird ihn fünfundzwanzig Jahre lang mit Tausenden von Pfund und manch kritischem Rat fördern.

Seit März 1918 erscheinen in der New Yorker Zeitschrift *The Little Review* erste Kapitel seines *Ulysses*. Später wird auch *The Egoist* Auszüge des Romans abdrucken. Doch bis zur Veröffentlichung des ganzen Buches sollen noch fast vier Jahre vergehen.

Nach Kriegsende kehrt James für kurze Zeit nach Triest zurück. Doch die Stadt hat sich verändert und er will nicht mehr dort leben. 1920 folgt er einer Einladung des amerikanischen Dichters Ezra Pound nach Paris. Was als einwöchige Stippvisite gedacht war, wird ein Lebensabschnitt von zwanzig Jahren.

In der Seine-Stadt erscheint auch der *Ulysses,* nicht ganz zufällig am 2. Februar 1922. Eigentlich hatte James das in fast sechs Jahren verfasste Manuskript schon im letzten April abgeschlossen, doch er will den Roman an seinem 40. Geburtstag herausbringen. Die bis dahin in den USA und in Großbritannien vorabgedruckten Teile haben bereits für einigen Wirbel gesorgt, weil James in Fragen der köperlichen Liebe sehr genau beschreibt, was sich die Leser der damaligen Zeit lieber nur heimlich vorstellen. Andere empfinden es als befremdend, dass ein Romanheld über seine Verdauung nachdenkt. *Ulysses* ist eben nicht wie die anderen Romane und im prüden Amerika bewertet man das Werk als anstößig. James muss es erst »entschärfen«, ehe Sylvia Beach, die Besitzerin der Pariser Buchhandlung Shakespeare & Company, es als Erste zu verlegen und zu verkaufen wagt.

Heute finden eher andere Seiten des Jahrhundertwerkes Beachtung. James hat darin vor allem der bis dahin wenig beachteten Technik des »inneren Monologs« zum Durchbruch verholfen. Das letzte Kapitel seines *Ulysses* gibt den Bewusstseinsstrom von Molly Bloom wieder, der sich über viele Seiten in acht langen Sätzen ohne Punkt und Komma erstreckt und das Durchhaltevermögen schon so manchen Lesers überfordert hat.

Übrigens widmet sich fast zeitgleich eine andere Phantanautin dem inneren Monolog: Virginia Woolf, uns besser bekannt als Lena aus *Metropoly*. Sie veröffentlicht 1922 ihren Roman *Jakobs Zimmer*. Nach der Lektüre der in *The Little Review* erschienenen ersten sechs *Ulysses*-Kapitel verfasst sie 1919 unter dem Titel »Moderne Romankunst« einen Aufsatz, in dem sie ihr Unbehagen über die klassische Erzähltechnik zum Ausdruck bringt. Diese sei nicht geeignet, die Vielschichtigkeit des menschlichen Lebens auch nur annähernd zu erfassen. Als Beispiel für eine wahrhaft moderne Literatur, die »dichter ans Leben heranzukommen« in der Lage sei, führt sie den Einstieg zum *Ulysses* an und schreibt:

»Das Leben ist keine symmetrisch angeordnete Reihe von Wagenlampen; das Leben ist ein leuchtender Nimbus, eine halbdurchsichtige Hülle, die uns vom Anfang unseres Bewusstseins an bis zum Ende umgibt.«

James Joyce und Virginia Woolf haben dem Meer der Träume Neuland abgetrotzt, als sie diese »strahlende Hülle« des Lebens – die Phantasie – in Worte fassten. Uns, denen ein kleiner Einblick in den Zirkel der Phantanauten vergönnt ist, macht es schmunzeln, wenn wir uns der Gemeinsamkeiten dieser zwei Weltenschöpfer gewahr werden.

Nach der Veröffentlichung des *Ulysses* vergeht noch fast ein Jahr, bis sich der umstrittene Autor an seinen letzten Roman *Finnegans Wake* heranwagt. Die Familie wohnt weiter in der französischen Hauptstadt, wenngleich James aus medizinischen Gründen öfters in die Schweiz reisen muss. Er lässt sich mehr als zwölfmal an den Augen operieren – und erblindet trotzdem bis zu seinem Lebensende fast ganz.

Auch seine Tochter bedarf ärztlicher Hilfe. Lucys Gemütskrankheit wird von dem berühmten Schweizer Mediziner Carl Gustav Jung behandelt; er gilt als Begründer der Analytischen Psychologie. Jung hält nicht nur sie, sondern – nach der Lektüre des *Ulysses* – auch ihren Vater für schizophren.

In Paris nehmen Maria und Eugene Jolas den verschrobenen Literaten unter ihre Fittiche, während er über seinem neuen Roman brütet. In Abständen veröffentlichen sie in ihrem Literaturmagazin *transition* unter dem Titel »Work in Progress« (»Werk im Entstehen«) Auszüge des werdenden Buches. Ihre Hilfe und die finanzielle Unterstützung von Harriet Weaver wird 1939 auch *Finnegans Wake* zur Veröffentlichung verhelfen.

Siebzehn Jahre sind vergangen, seit James und Nora sich gefunden haben. Im Mai 1931 ziehen sie für ein paar Monate nach London und geben sich dort am 4. Juli das Jawort. Es sind eher praktische Gründe, die James zur Heirat der Mutter seiner beiden Kinder bewegen. Er ist jetzt 49, nach wie vor anfällig für Erkrankungen und will sein Testament geregelt wissen. Ausgerechnet in dieser Phase, als der überspannte Künstler Ordnung in sein chaotisches Leben zu bringen versucht, stirbt im Dezember der Vater im Drumcondra Hospital in Dublin. Der Tod von John Joyce trifft seinen Ältesten ins Mark. An die Freundin Harriet Weaver schreibt James:

> *»Mein Vater hatte eine außerordentliche Zuneigung zu mir. Er war der verrückteste Mann, den ich je kannte und schrecklich scharfsinnig. Er hat bis zu seinem letzten Atemzug an mich gedacht und über mich geredet. Ich, selbst ein Sünder, habe ihn immer sehr gern gehabt und sogar seine Fehler gemocht.«*

Als die Hiobsnachricht vom Tod des Vaters ihn ereilt, wohnt die Familie längst wieder in Paris. Obwohl die französische

Hauptstadt für die nächsten Jahre der Hafen bleibt, in den James immer wieder zurückkehrt, besucht er mit der Eisenbahn viele andere Orte. Am Ende seines Lebens wird der junge Phantanaut Jim aus Irland tatsächlich zu dem europäischen Schriftsteller James Joyce geworden sein, der er immer hatte sein wollen. In seinem Kopf hat er ein Phantalabium zusammengesetzt, dessen erstes Teil er in Irland fand. Die übrigen stammen aus der Schweiz, Italien, Frankreich, Österreich, Deutschland, Belgien, den Niederlanden, Luxemburg, Dänemark, England, Wales und Schottland.

Als das Schreckgespenst zurückkehrt – diesmal in Gestalt des Zweiten Weltkrieges –, macht sich der Literaturnomade auf zu seiner letzten Station: Deutsche Truppen besetzen 1940 Paris, James flieht noch einmal in die Schweiz.

Am 11. Januar 1941 muss er sich einer Operation unterziehen. Nach anfänglicher Besserung verschlimmert sich sein Gesundheitszustand wieder. Die Ärzte verabreichen ihm mehrere Bluttransfusionen. Er fällt ins Koma. Am 13. Januar kommt er gegen zwei Uhr morgens ein letztes Mal zu sich. Er möchte Nora und Georgio sehen. Sie befinden sich schon auf dem Weg zu ihm. Doch der Abschied von seinen Lieben bleibt ihm versagt. Nur eine Viertelstunde später stirbt der »Sonnige Jim«.

Wenngleich James Joyce uns bis heute von Bildern und Karikaturen immer wieder als Einäugiger entgegenblickt, hat er doch mehr gesehen als viele andere. Betrachten wir den *Ulys-*

ses und seine literarischen »Geschwister« aus dem Blickwinkel der Phantanauten, fällt eines auf: Von den *Dubliners* bis zu *Finnegans Wake* fließt unsere Welt der sinnlichen Wahrnehmungen unablässig in James' Geschichten ein, immer wieder macht er Familienmitglieder, Freunde und Bekannte zu Figuren seiner Erzählungen. Des Öfteren begegnen wir den frömmelnden Verwandten seiner Mutter, die er mit konsequenter Verachtung straft. Und in *Ulysses* verewigt er die Frau an seiner Seite: Nora heißt in dem Jahrhundertwerk Molly Bloom und trägt den Spitznamen »Penelope«.

Es gibt vieles mehr, was man für die Einzigartigkeit des *Ulysses* ins Feld führen könnte. Dem Phantanauten fällt sicherlich sofort ins Auge, wie die Welt der Phantasie jene der Sinne neu befruchtet. Die Figuren des Romans und ihre Erlebnisse bleiben nicht zwischen den Buchdeckeln eingesperrt. Nichts lässt dies deutlicher erkennen als der »Bloomsday«, der alljährlich seit 1954 am 16. Juni in Dublin begangen wird, dem Tag des ersten Rendezvous' von James und Nora, der Tag, der zugleich den zeitlichen Rahmen der Handlung des *Ulysses* absteckt.

Bis heute suchen am Bloomsday Tausende die Schauplätze des fiktiven Geschehens auf, um den Erlebnissen der Romanfiguren nachzuspüren: des Anzeigenakquisiteurs Leopold Bloom und seiner Frau Molly oder des jungen Lehrers und Schriftstellers Stephen Dedalus, in dem sich James selbst ein Alter Ego geschaffen hat. Man tut am Bloomsday, was sie taten, erwirbt Zitronenseife in Sweny's Shop oder isst ein Gorgonzolabrot und trinkt ein Glas Wein bei Davy Byrne. Die Schöpfung des Weltenbaumeisters ist ein Teil unserer Welt der Sinne geworden. Unter diesem Aspekt betrachtet hat sich James mit seinem literarischen Schaffen als wahrer Phantanaut erwiesen.

Ralf Isau

Ergänzende Informationen zur Serie »Der Zirkel der Phantanauten« sind im Web auf der Homepage von Ralf Isau unter www.isau.de/werk/phantanauten/ zu finden. In dem Romanzyklus ist bei Thienemann ebenfalls erschienen:

Metropoly

Isau, Ralf:
Der Tränenpalast
ISBN 978 3 522 18087 0

Gesamtgestaltung: Helmut Poul Dohle; das Porträt von James Joyce auf S. 235 ist einem Schwarzweißphoto nachempfunden
Umschlagtypografie: Michael Kimmerle
Innentypografie: Sabine Conrad
Schrift: Berling, Tempus ITC
Satz: KCS GmbH, Buchholz/Hamburg
Reproduktion: Medienfabrik, Stuttgart
Druck und Bindung: Friedrich Pustet, Regensburg

5 4 3 2 1° 08 09 10 11

www.thienemann.de
www.isau.de
www.poul.de